Petra Winter

Mord(s)saison

Originalausgabe – Erstdruck

Petra Winter

Mord(s)saison

Büsum-Krimi

Schardt Verlag

Bibliographische Information der Deutschen Bibliothek:

Die Deutsche Bibliothek verzeichnet diese Publikation in der *Deutschen Nationalbibliografie*; detaillierte bibliographische Daten sind im Internet über www.d-nb.de abrufbar.

Titelbild: ti.Na / photocase.de

Die Handlung der Geschichte ist frei erfunden. Ähnlichkeiten mit lebenden oder verstorbenen Personen sind rein zufällig und unbeabsichtigt.

1. Auflage 2015
2. Auflage 2016

Copyright © by
Schardt Verlag
Metzer Straße 10 A
26121 Oldenburg
Tel.: 0441-21 77 92 87
Fax: 0441-21 77 92 86
E-Mail: kontakt@schardtverlag.de
www.schardtverlag.de

ISBN 978-3-89841-785-3

1

Kai-Uwe Petersen saß vor seinem Strandhäuschen und genoss die warmen Sonnenstrahlen. Er hatte schon ganz früh den Deichaufgang besetzt und einen kleinen Plausch mit den Kurgästen gehalten. Heute wird der Strand voll, dachte er und reckte sich ausgiebig. Der Wetterbericht hatte es angekündigt: 30 °C und kaum Wind. Da würden die Urlauber wie die Ölsardinen am Strand liegen und sich um die besten Plätze streiten. Aber auch viele Tagesgäste waren zu erwarten. Wahrscheinlich wegen der Schlagzeilen in den Zeitungen. Seit zwei Tagen wurde ein Urlauber aus Niedersachsen vermisst. Wahrscheinlich, dachte Petersen, hatte der Stress mit seiner Alten, und um sich abzureagieren, hat er einen Bummel durch sämtliche Landgasthöfe in der Umgebung gemacht. Der taucht bestimmt wieder auf. Petersen gähnte und kratzte sich genüsslich den Bauch. Was geht's mich an, überlegte er. Lieber würde er noch ein bisschen an seiner Matratze horchen, statt hier zu sitzen. Aber es war sein Job, hier zu sein und Strandkarten zu verkaufen, Auskünfte zu geben und sich beschimpfen zu lassen. Aber er machte den Job schon so lange, dass er sich nicht aus der Ruhe bringen ließ. Nicht von Gästen, die sich über Hundehaufen beschweren oder über frei laufende Ameisen, sowie über zu wenig oder zu viel Wind. Ja, der Tagesablauf war immer gleich. Zum Glück brauchte er keine Strandkörbe mehr zu vermieten. Dafür war seine neue junge Kollegin da. Sie ist noch ein wenig unbeholfen, aber das wird schon werden, dachte er und steckte sich eine Zigarre an. Er ging in seine Bude, setzte sich an seinen kleinen Campingtisch, rollte sein Büsum-Echo auseinander und las die ersten Zeilen.

Urlauber spurlos verschwunden
In Büsum wird immer noch der aus Niedersachsen stammende Heribert B. vermisst. Auch zwei Tage nach seinem Verschwinden hat die Polizei keinerlei Hinweise über seinen Verbleib.

Lautes Geschrei ließ Petersen von seiner Zeitung aufschauen. Er hörte, wie jemand seinen Namen rief: „Herr Petersen!" Verdutzt schaute er sich um und rollte mit den Augen, als er erneut das Schreien vernahm. Wütend über die Störung, schlug er seine Zeitung zu.

„Herr Petersen – schnell!", gellte es wieder über den Deich.

„Kann dieses dumme Ding denn nichts alleine?", brummelte er vor sich hin. Als er aus seiner Bude trat, sah er, dass sich eine große Anzahl von Urlaubern um einen Strandkorb versammelt hatte.

„So kommen Sie doch – schnell!"

Wieder hörte er die Kollegin rufen. Die Angst und das Entsetzen, das er aus dem Rufen herauszuhören glaubte, ließ ihn loslaufen. Während er über unzählige Handtücher und Taschen stolperte, dachte er darüber nach, was ihn am Strandkorb erwarten würde. Sollte er umsonst losgerannt sein, weil sich nur zwei Jugendliche vergnügten, würde er sie windelweich prügeln. Als er endlich bei dem Strandkorb angelangt war, schob er sich durch die Menge und zischte seine Kollegin von der Seite an: „Was ist denn so schlimm, dass ich herkommen muss? Kannst das nicht allein regeln?"

Er hatte den Satz noch nicht zu Ende gesprochen, als seine Augen etwas erblickten, das auch für ihn nicht alltäglich war.

Im Strandkorb saß ein Mann, den Kopf angelehnt, als würde er schlafen, doch bei genauerem Hinsehen konnte man erkennen, dass er tot war. Seine Lippen waren tiefblau, fast violett, und stachen aus dem aschfahlen Gesicht hervor. Petersen hatte von sich immer behauptet, ein ganzer Kerl zu sein, doch in diesem Moment fühlte er sich ein kleines bisschen verloren. Er hatte noch nie einen Toten gesehen und Mühe, sein Frühstück bei sich zu behalten. Was jetzt? Langsam löste er sich aus seiner Starre. Er hatte hier auf dem Deich die Verantwortung. Nicht auszudenken, wenn er jetzt schlappmachen würde. Er straffte seine Schultern und schaute sich um.

„So, hier gibt es nichts mehr zu sehen. Alle Mann gehen vom Strandkorb weg. Nicole, schaff die Anwesenden aus dem Weg, und sorg dafür, dass sie auch weg bleiben."

Nur widerwillig setzten sich die Anwesenden in Bewegung. Petersen nahm sein Handy und wählte den Polizeinotruf, während seine Kollegin versuchte, den Fundort zu räumen. Dabei wurde er mit der Sensationslust der Menschen konfrontiert. Er sah, wie einige ihre Handys und Fotoapparate zückten, um Bilder von dem Toten zu machen. Angewidert drehte er sich weg. Das Gespräch mit der Polizei war von kurzer Dauer. Er erzählte seiner Kollegin von deren Anweisungen, Kripo und Arzt seien unterwegs, das Gelände sei abzusperren, damit keine Spuren verwischt würden. Wieder wählte er eine Nummer. Sein Arbeitgeber musste ja auch Bescheid wissen.

Nach zweimaligem Klingeln hörte er die rauchige Stimme seines Abteilungsleiters Harald Blume.

„Was'n los, Petersen?"

„Moin Harald, 'tschuldigung, dass ich störe, aber wir haben hier am meinem Strandabschnitt ein kleines Problem." Petersen überlegte immer noch angestrengt, wie er die Nachricht verpacken könnte, als Blume laut stöhnend in den Hörer brüllte: „Mann, Petersen, wie lange machst du den Scheiß schon? Kannst du das nicht selbst erledigen? Ich habe genug zu tun und will mich nicht mit Kinkerlitzchen herumschlagen!"

Petersen nickte. Die Leier kannte er schon zur Genüge. Also fiel er mit der Tür ins Haus.

„Harald, wir haben einen Toten auf dem Deich!"

Da er glaubte, sein Abteilungsleiter habe ihn nicht verstanden, wiederholte er noch einmal, was er gerade gesagt hatte.

„Hast du mich verstanden? Wir haben einen Toten hier in meinem Strandabschnitt, und ich brauche ein paar Instruktionen. Wäre auch gut, wenn die Leitung der Kurverwaltung hier auftauchen würde. Bei dem Toten handelt es sich nämlich um den verschwundenen Gast."

„Mann, Petersen, das ist ja ein Ding! Ich schick dir sofort die beiden Chefs zum Strand. Hast du die Polizei schon informiert?"

Petersen versicherte, dass er alles in die Wege geleitet habe. Er benötige nur ein bisschen Hilfe bei der Absperrung und der Einweisung für die Polizeibeamten. Nachdem er sein Gespräch beendet hatte, warf er noch einen kurzen Blick auf den Toten. So viel zu seiner Theorie mit dem Saufgelage.

Er fragte sich, was mit dem Mann passiert war. Das Heulen der Polizeisirene riss ihn aus seinen Gedanken. Er sah seine Kollegen vom Hauptaufgang, wie sie, geschickt Hindernisse umlaufend, schnell näher kamen. Seine Kollegin hatte mit mäßigem Erfolg versucht, die Gaffer von dem Strandkorb fernzuhalten. Petersen war froh, als er auch seine beiden obersten Chefs heraneilen sah. Nun lag die Verantwortung nicht mehr bei ihm.

2

Das rot-weiße Absperrband flatterte leicht im Wind. Die jungen Leute von der freiwilligen Feuerwehr Büsum hatten den Strandkorb B764 umringt und schirmten mit grauen Wolldecken die Blicke der Schaulustigen ab. Da schon lange keine Leiche mehr angeschwemmt oder gefunden worden war, musste dieses Ereignis gebührend gewürdigt werden – fanden zumindest die Gaffer.

Hauptkommissar Carsten Meinders stand mit seinem PDA neben dem Korb, an dessen Inhalt sich Dr. Behrends, der Gerichtsmediziner aus Kiel, zu schaffen machte.

„Und, Knut, können Sie mir schon was sagen?"

Leicht genervt sah Behrends ihn an. Er hatte den Toten erst zwei Minuten untersucht und konnte natürlich noch nicht viel sagen.

„Der Tote ist männlich ..."

„Aha", unterbrach Meinders ihn, mit dem Stift Notizen auf dem Display schreibend.

Behrends runzelte die Stirn. Seitdem er vor zweieinhalb Jahren die Rechtsmedizin übernommen hatte, waren sie wie Hund und Katze zueinander.

„Die Leichenstarre ist inzwischen gewichen. Außerdem ist er nicht hier gestorben." Behrends hockte sich vor den Strandkorb.

„Wieso? Ähm, ich meine, woher wollen Sie das wissen?", fragte Meinders.

„Weder am Gesäß noch an den Sohlen sind Totenflecken zu finden. Die Augen sind trocken, also muss er in der Sonne gelegen haben. Das Genick ist gebrochen, zwei Halswirbel zertrümmert. – Wenn Sie mich fragen ..."

„Was ich hiermit tue", seufzte Meinders.

Behrends überging Meinders' Kommentar und fuhr fort: „Wenn Sie mich fragen, war's ein kräftiger Kerl, der zugeschlagen hat. Ferner sind Würgemale am Hals des Opfers zu finden. Ich schätze, dass das Zungenbein gebrochen ist. Das kann ich aber erst im Institut klären." Behrends wartete auf eine erneute Unterbrechung durch Hauptkommissar Meinders. Der aber blieb still und machte sich Notizen.

„Weiter geht's: Rechts unter der Brust, circa Höhe des vierten Rippenbogens, ist eine Schusswunde. Dunkles, fast schwarzes Blut ist ausgetreten – da ist wohl die Leber getroffen worden."

Es entstand eine Kunstpause, dann fragte Meinders: „Und? Noch was?" Ungeduldig klopfte er auf seinen PDA. Er hasste es, wenn er Behrends alles aus der Nase ziehen musste.

„Ja", sagte Behrends gedehnt, während seine Finger das Gesicht des Toten untersuchten. „Die Augen ..."

„Ja, das sagten Sie bereits. Sie sind trocken ..."

„... und die Pupillen sind sehr klein."

„Die Sonne?"

„Nein, ich schätze eine Droge oder ..."

„Was, Heroin?"

Behrends packte die Handgelenke des Leichnams und drehte die Arme nach außen, dann inspizierte er die Fußgelenke.

„Sieht nicht danach aus."

„Herr Doktor Behrends!"

Behrends sah auf, denn diese Anrede hatte er von Meinders schon lange nicht mehr gehört.

„Sie wollen mir allen Ernstes erzählen, dieser Mann wurde vergiftet, erdrosselt, erschossen und sein Genick gebrochen?"

„Die Reihenfolge haben Sie festgelegt", sagte der Arzt, erhob sich und streifte seine Einweghandschuhe ab.

„Ja, so wie es aussieht, wollte jemand sein Lebenslicht todsicher auspusten." An die bereitstehenden Männer mit der Bahre gewandt, rief er: „Okay, Jungs, packt den Sonnenanbeter ein, und ab ins Institut mit ihm." Er drehte sich wieder zum Hauptkommissar, blickte kurz auf die Uhr, es war inzwischen 10.23 Uhr, und seufzte: „Zum Abendbrot haben Sie meinen vollständigen Bericht. Schönen Tag noch." Ein falsches Lächeln stahl sich auf sein Gesicht, dann marschierte er in Richtung Deichkrone und war kurze Zeit später dahinter verschwunden.

Während Meinders sich noch über das Verhalten von Behrends ärgerte, rückte die Spurensicherung an. Allen voran Wanda Schäfer.

„Hallo Herr Hauptkommissar", hauchte sie ihm entgegen.

Auch mit ihr kam Meinders nicht gut aus. Aber wenn man es genau nahm, kam er mit niemandem gut zurecht oder keiner mit ihm. Wanda Schäfer wusste, dass Meinders ein schwieriger Fall war, und das gefiel ihr. Jedes Mal, wenn sich ihre Wege kreuzten, lieferten sie sich zynische Wortduelle. Heute hatte sie wieder ihre Vamp-Anwandlung. Die roten langen Haare fielen locker auf ihre Schultern, und sie ließ ihre Zunge verführerisch über ihre knallrot geschminkten Lippen gleiten. Den jungen Feuerwehrleuten entglitten ein paar „C'ést si bon"-Pfiffe, die sie mit gekonntem Augenbrauenzucken quittierte.

„Ich habe meinen Musterkoffer schon gezückt." Gekonnt und provozierend langsam zog sie die Gummihandschuhe über und machte sich an die Arbeit. Genervt wippte Meinders auf den Zehenspitzen. Ihm war nach einer Zigarette. Eigentlich wollte er das Rauchen ja aufgeben. Aber alle diese Umwelteinflüsse, er schaute zähneknirschend auf die rotgelockte Spurensucherin, machten es ihm schwer.

„Ich hasse dieses Frauenzimmer", sagte er zu Kommissar Markus Vesper, der neben ihm auftauchte.

„Hat die Befragung was gebracht?"

„Wir sind zwar noch nicht ganz fertig, aber alle wollen etwas gesehen oder gehört haben. Also, im Grunde fischen wir im Trüben – wie immer."

„Okay, wir werden uns als Allererstes mit der Witwe unterhalten. Auch möchte ich mit den Leuten von der Vermietung sprechen, die die Wohnung an den Toten und seine Frau vergeben haben." Meinders hielt inne und kratzte sich das Kinn. Er spürte einen riesigen Hunger. Und wenn er Hunger hatte, war er ungenießbar. Er schaute auf seine Uhr.

Es war 10.45 Uhr. Vesper hatte den Blick bemerkt und wusste, dass sein Chef ein kräftiges Frühstück brauchte.

„Gehen Sie in die Hohenzollernstraße ins Hotel mit der Deichbrücke. Dort bekommen Sie ein leckeres Frühstück." Vesper zeigte die Richtung an, in die Meinders zu gehen hatte.

„Danke, wir sehen uns auf der Polizeistation in gut einer Stunde." Meinders setzte sich in Bewegung.

„Wenn's was Neues gibt, ruf ich über Handy an."

Meinders winkte bestätigend und erklomm die Deichkrone.

„Mobiltelefon heißt es – nicht Handy", zischte er und steuerte auf das Hotel zu.

3

Das Rührei und der krosse Speck, zwei kleine Würstchen, zwei Brötchen mit allerlei Aufschnitt, einen Becher Orangensaft, nicht frischgepresst, sondern von Aldi, wie Meinders vermutete, und ein Kännchen Kaffee hatten seine Lebensgeister wiedererweckt. Gut gesättigt lehnte er sich zurück und zündete sich eine Zigarette an. Natürlich nur zur Anregung der Verdauung, dachte er bei sich. Er nahm einen tiefen Zug und sah gedankenverloren durch den gekräuselten Rauch ins Nichts. Der Fall ließ ihn nicht los. Wer in Gottes Namen hatte so eine Wut in seinem Körper, dass er einen Menschen auf vierfache Weise zu Tode brachte?

Eine Methode hätte doch wohl gereicht. Während er noch darüber nachdachte, kam der junge Kellner an den Tisch.

„Entschuldigung bitte, da ist ein Herr, der Sie sprechen möchte." Mit flinken Fingern hatte er das Geschirr eingesammelt und wartete auf ein Zeichen von Meinders. Dieser nickte kurz, und schon war der Kellner wieder verschwunden, um im nächsten Moment einen älteren Mann an den Tisch zu führen.

„Sind Sie der Kommissar aus Itzehoe?", fragte der Mann leicht unterwürfig. Mit beiden Händen knetete er seine Schiffermütze, die er am Tisch abgenommen hatte.

„Ja, der bin ich." Meinders legte seine Arme auf die benachbarten Stühle und schaute seinen Gast von oben bis unten an. Dieser musternde Blick ließ sein Gegenüber noch ein wenig mehr in sich zusammenfallen.

„Was kann ich für Sie tun?"

„Friedhelm, Friedhelm Berger. Ähm, das ist mein Name. Berger, Friedhelm Berger, und ich wollte Ihnen etwas ..."

„Friedhelm, warum setzen Sie sich nicht erst einmal hin und trinken einen Kaffee." Meinders winkte dem Kellner und wandte sich dann wieder seinem Gast zu.

„So, Friedhelm, Sie wollten mir was erzählen."

„Ja, richtig. Wissen Sie, ich habe einen Bauernhof ganz in der Nähe. Ich komme damit eher recht als schlecht aus. Mein Sohn ist nach Hamburg gezogen, er taugt nicht für die Landwirtschaft ..."

Hauptkommissar Meinders trommelte mit den Fingern, zog noch einmal heftig an seiner Zigarette.

„Ja, was ich eigentlich sagen wollte, ist Folgendes: Der Petersen stellt im Winter die Strandkörbe bei mir ab. Ich habe eine große Halle. Und im Frühjahr fahre ich sie dann mit dem Traktor auf den Deich. Na ja, und ich habe einen Schlüssel, damit ich die Schranke zum Deich aufschließen kann."

„Hmmm", seufzte Meinders gelangweilt.

„Na ja, und der ist jetzt weg, der Schlüssel."

Meinders beugte sich vor, drückte seine Zigarette aus und machte der Bedienung mit einer Handbewegung klar, dass er zahlen wollte.

„Ja, Friedhelm, sollte mich daran etwas interessieren?"

„Die Schranke war heute Morgen auf, und es könnte jemand mit einem Auto auf den Deich gefahren sein. Vielleicht war es ja der Mörder!" Berger ergriff die Tasse mit dem Kaffee und schüttete ihn mit einem Schluck hinunter.

„Wir haben einen Toten in einem Strandkorb gefunden, das stimmt. Dass er ermordet wurde, und vor allem wie und von wem, das muss noch geklärt werden. Haben Sie einstweilen vielen Dank für die Information." Der Hauptkommissar schaute auf die Rechnung, legte das Geld auf den Tisch und ließ einen sichtlich verwirrten Friedhelm Berger zurück. Auf dem Weg zur Polizeistation ging Meinders alles, was er wusste, noch einmal durch. Doch am Ende stand er immer wieder vor derselben Frage. Warum wurde der Mann auf diese Art und Weise getötet? Er zückte seinen PDA und machte sich Notizen. Einen Eintrag unterstrich er besonders dick. Informationen über Ritualmorde heraussuchen und mit den Spuren vom Tatort vergleichen. Ein paar Minuten später öffnete er die Tür zur Büsumer Polizeistation. Drinnen herrschte ein reges Treiben. Durch die Saison waren mehr Polizisten in Büsum als in den Wintermonaten. Vesper hatte seinen Kollegen erspäht und winkte mit einem Blatt Papier.

„Die Abfrage von Heribert Bender hat nichts ergeben. Ein Mann, der mit niemandem Streit hatte, immer brav seine Steuern bezahlt hat, und es gibt keinen schwarzen Fleck in seiner Vergangenheit. Von der Seite haben wir gar nichts. Ein unbescholtener Bürger." Vesper presste die Lippen aufeinander.

„Ein Mann wird brutal ermordet, dazu noch auf ungewöhnliche Art und Weise. Und es gibt nichts? Gar nichts?" Hauptkommissar Meinders schüttelte den Kopf. Das konnte einfach nicht sein. Das gibt es nicht, dachte er.

„Bevor ich es vergesse. Sie möchten den Chef in Itzehoe anrufen – dringend." Vesper versuchte, den Satz so beiläufig wie möglich klingen zu lassen.

„Was will der denn?"

„Keine Ahnung, aber er war nicht gut gelaunt."

Bevor der Hauptkommissar etwas erwidern konnte, rief einer der Polizisten nach ihm. Im Regionalprogramm wurde vom Fund einer Leiche gesprochen, und man versprach den Zuschauern im Laufe des Tages mehr Informationen. Meinders konnte sich lebhaft vorstellen, was das zu bedeuten hatte. Ein grausamer Mord in so einem kleinen, idyllischen Kurort wie Büsum, und die Medien würden sich wie die Geier darauf stürzen. So schnell würde Büsum nicht zur Normalität zurückkehren können.

„Vesper, denken Sie daran, dass wir mit den Leuten von der Kurverwaltung und von der Gemeinde reden müssen. Außerdem", Meinders dachte kurz nach, „will ich mit den Strandwärtern sprechen. Hören Sie sich auch noch mal in der Kurverwaltung um. Vielleicht hat einer der Mitarbeiter etwas gesehen oder gehört. Vielleicht sollten wir auch die Kurgäste befragen, die in unmittelbarer Nähe zum Fundort der Leiche ihre Ferienwohnungen haben. Kann doch sein, dass einer etwas gesehen hat, das uns weiterbringt."

Vesper hatte seinen Notizblock gezückt und einige Anmerkungen und Nicht-vergessen-Infos notiert.

„Oh, denken Sie an den Anruf in der Polizeidirektion. Es klang ziemlich dringend." Vesper warf seinem Kollegen einen letzten Blick zu und verschwand.

Dem Hauptkommissar kam es komisch vor, dass Vesper so auf den Anruf pochte. Also griff er zum Telefon und wählte die Nummer der Polizeidirektion Itzehoe. Er brauchte auch nicht lange auf die Verbindung zu warten.

„Meinders, sind Sie das?"

„Ja, Chef", antwortete Meinders kurz.

„Hören Sie, ich schicke Ihnen jemanden. Soll sich noch seine Sporen verdienen. Also anlernen und ... ach, Sie wissen doch, wie so was geht. Außerdem können Sie Insiderinformationen gut gebrauchen. Haben Sie mich verstanden, Meinders?"

Ja, Meinders hatte verstanden, aber er brauchte keinen weiteren Kollegen. Er hatte schon genug Leute um sich herum.

„Meinders, die neue Kollegin heißt Claasen. Halten Sie mich über alles auf dem Laufenden." Und schon war die Leitung tot.

Meinders konnte es nicht ausstehen, wenn sein Chef einfach auflegte. Doch jetzt war etwas anderes wichtiger. Hatte sein Chef eben „Kollegin" gesagt? Wahrscheinlich habe ich mich verhört, dachte Meinders. Das fehlte jetzt noch zu seinem Glück, dass ein Frauenzimmer sich in seine Ermittlungen einmischte. Schnell schüttelte er diesen Gedanken wieder ab. Er fasste an seine linke Brusttasche und fühlte seinen PDA.

Alles da, also auf zur Vernehmung der Ehefrau des Opfers und den Damen von der Vermietung. Er war bereits beim Gehen, als eine tiefe, sanfte Stimme ihn ansprach.

„Sind Sie Hauptkommissar Meinders?"

Die Stimme klang melodisch, und er blieb erstaunt stehen.

„Ja, der bin ich. Was kann ich für Sie tun?"

„Mein Name ist Claasen, Hannah Claasen, und ich soll mich bei Ihnen melden."

Meinders hatte also kein Glück.

„Sie sind Kommissarin Claasen?" Fragend schaute er sie an. Unbeholfen wühlte er dann in seinen Jackentaschen herum und zog ein Päckchen Zigaretten heraus. Er musste jetzt dringend eine rauchen.

4

Dieter Bothmann, der Büsumer Kurdirektor, lief in seinem Büro auf und ab. Jutta Hermanns saß auf seinem Schreibtisch und polierte sich die Fingernägel.

„Verdammt, Dieter, setz dich endlich hin, bevor du eine Schneise in den Teppich läufst. Warum bist du so nervös?" Sie schüttelte den Kopf und lenkte ihre Aufmerksamkeit wieder auf ihre Maniküre. Sie verstand die ganze Aufregung nicht.

„Ein Mord, Jutta. Hier in Büsum! Die Medien werden sich darauf stürzen, und uns werden die Gäste wegbleiben. Wer will schon dort Urlaub machen, wo ein Mensch ermordet wurde? Das kostet uns viel."

Bothmann nickte, um sich selbst noch einmal zu bestätigen. Er war der festen Überzeugung, dass die Geschehnisse ihren Tribut zollten.

„Mach dir doch nicht so viele Gedanken. Vielleicht läuft alles ganz anders als gedacht, und wir bekommen mehr Gäste als je zuvor." Jutta Hermanns schaute kurz auf und zuckte mit den Schultern. „Vielleicht ist es das Beste, was uns passieren konnte – marketingtechnisch –, und wir erleben den größten Gästeansturm seit langem."

Dieter Bothmann war überrascht über die Kaltschnäuzigkeit seiner Mitarbeiterin. Er schaute sie eine Weile an und setzte seine Wanderung fort.

„Ist dir klar, was du da sagst? Ein Mann wurde getötet, und du denkst an Umsatzsteigerungen und Vorteile für die Kurverwaltung."

Er wollte nicht glauben, dass sie so berechnend war.

„Es ist doch seit Jahrhunderten so, dass einige aus dem Leid anderer Profit schlagen. Warum nicht auch wir?"

Dieter Bothmann blieb abrupt stehen und starrte sie an. Bevor er etwas erwidern konnte, klopfte es an der Tür.

„Herein!" Sein Ton war etwas schärfer als gedacht.

Die Tür wurde langsam geöffnet, und eine Frau betrat das Büro.

„Entschuldigung, Herr Bothmann, aber ich weiß nicht mehr weiter. Ich bekomme Anrufe ohne Ende, und ich ..."

Bevor sie weitersprechen konnte, wurde sie unsanft von Jutta Hermanns unterbrochen: „Können Sie eigentlich irgendetwas? Telefongespräche anzunehmen kann ja nicht so schwer sein, oder?"

Die junge Frau zuckte zusammen. Dieter Bothmann schaute seine Kollegin zornig an. Es gefiel ihm immer weniger, wie sie mit Menschen umging. Aber er hatte keine Wahl. Sie hatte die Stelle als Marketingleiterin bekommen, und er musste sich mit ihr arrangieren, ob er wollte oder nicht.

„Was gibt es denn so Dringendes, Feldchen?" Er versuchte, seine Stimme so normal wie möglich klingen zu lassen.

„Die Fernsehsender haben anfragen lassen, ob Sie für ein Interview zur Verfügung stehen würden. Dann hat ein Kommissar Vesper angerufen und mitgeteilt, dass er und sein Kollege um 16 Uhr zu Ihnen ins Büro kommen, um ein paar Fragen zu stellen. Außerdem möchten sie mit der Belegschaft reden. Wir sollen dafür sorgen, dass keiner vorzeitig nach Hause geht." Als sie geendet hatte, war ihre Stimme nur noch ein Hauch. Während sie auf eine Antwort wartete, massierte sie sich die Finger. Bothmann war das schon öfter aufgefallen. Immer wenn sie unter Stress geriet, fing sie an, ihre Hände zu kneten.

„Ist gut, Feldchen. Gehen Sie zu den Kollegen in die einzelnen Büros und bitten Sie sie, dazubleiben. Den Medien können Sie mitteilen, dass ich natürlich ..." Weiter kam er nicht.

Jutta Hermanns räusperte sich und fiel ihm ins Wort: „Ich werde die Interviews geben ..." Herausfordernd schaute sie auf Dieter Bothmann, bevor sie fortfuhr: „Ich bin die Marketingleiterin. Notieren Sie alle Termine, und bringen Sie mir die Liste ins Büro."

Langsam rutschte sie vom Schreibtisch herunter. Mit einem triumphierenden Lächeln verließ sie den Raum. Dieter Bothmann holte tief Luft und nickte seiner Mitarbeiterin aufmunternd zu.

„Gehen Sie nach unten, und geben Sie der Belegschaft Bescheid. Wir kommen runter, wenn die Kommissare da sind."

Die junge Frau nickte und schloss leise die Tür hinter sich. Dieter Bothmann wusste nicht, warum, aber er hatte ein ungutes Gefühl in der Magengrube. Das war noch nicht das Ende der Fahnenstange.

Jutta Hermanns ging langsam den Korridor entlang zu ihrem Büro. Ihren Mund umspielte ein Lächeln. Am liebsten hätte sie ihrem Triumph freien Lauf gelassen, aber sie hielt sich zurück. Sie hatte unmissverständlich klargemacht, dass sie ihren Posten als Marketingleiterin ernstnahm und sich von niemandem streitig machen ließ. Gerade als sie ihre Bürotür öffnen wollte, sah sie die Assistentin vom Kurdirektor, Frau Feld, die Treppe hinuntergehen. Sie drehte sich um, ging den Korridor zurück und befahl ihr, stehenzubleiben.

„Feld, wo wollen Sie hin?"

Fast ängstlich schaute sich die Angesprochene um.

„Ich soll der Belegschaft mitteilen, dass sie den Kommissaren für Fragen zur Verfügung zu stehen haben."

„Sie können in Ihr Büro zurückkehren. Ich werde der Belegschaft selbst Bescheid geben."

Da Frau Feld nicht genau wusste, was sie tun sollte, blieb sie einen Moment ruhig stehen.

„Hören Sie schwer? Ich habe Ihnen gerade gesagt, was Sie tun sollen."

Jutta Hermanns konnte es nicht leiden, wenn ihre Befehle missachtet wurden. Frau Feld wollte noch etwas erwidern, verkniff sich aber einen Kommentar und lächelte ihr Gegenüber freundlich an. Doch in Gedanken schimpfte sie wie ein Rohrspatz.

Mit hocherhobenem Haupt ging Jutta Hermanns die Treppe hinunter. Im Erdgeschoss befanden sich die Gästekartenabteilung, die Zimmervermittlung sowie die Buchhaltung der Kurverwaltung. Ihr Weg führte sie in den hinteren Bereich zum Büro von Sylvia Stegemann. Ohne anzuklopfen betrat sie es.

„Frau Stegemann, holen Sie Ihre Kollegen zusammen. Aber schnell!"

„Hallo Frau Hermanns. Schön, Sie in meinem Büro zu sehen. Gibt es einen Grund dafür, warum ich die Kollegen zusammenrufen muss?" Das Kinn nach vorne geschoben und die Herausforderung im Blick, wartete Sylvia Stegemann auf eine Antwort.

„Wenn ich Ihnen den Befehl dazu gebe, haben Sie ihn auszuführen." Mit einem falschen Lächeln und süffisanter

Stimme nahm Jutta Hermanns die Herausforderung an. „Also ein bisschen plötzlich, meine Liebe."

Sylvia Stegemann überlegte kurz und stand langsam auf. Sie wusste, dass sie den Kürzeren ziehen würde. Also ging sie, ohne etwas zu sagen und mit einem Lächeln auf den Lippen, hinaus.

Niemand wird sich mir in den Weg stellen, dachte Jutta Hermanns, während sie darauf wartete, dass sich die Mitarbeiter versammelten.

„Um 16 Uhr kommt die Kripo zu Herrn Bothmann und mir. Danach wollen sie die Mitarbeiter verhören. Das heißt für Sie keinen Feierabend. Nach der Befragung können Sie selbstverständlich gehen. Noch irgendwelche Fragen?" Sie schaute langsam in die Runde.

„Aber das geht nicht. Ich habe einen Termin und muss noch einkaufen." Empört über die Anmaßung der Kripo, hatte eine Kollegin sich zu Wort gemeldet.

„Dann sagen Sie Ihren Termin ab. Und einkaufen können Sie bis 20 Uhr auch noch. Alle bleiben hier. Sollten Sie der Meinung sein, meinen Anordnungen nicht Folge leisten zu müssen, können Sie sich gleich eine Abmahnung in meinem Büro abholen."

Jutta Hermanns' Blick ließ keine Einwände zu. Murrend gingen die Mitarbeiter zurück an ihren Arbeitsplatz.

5

Hauptkommissar Meinders war sauer. Sein Chef wusste, dass er keine Menschen um sich herum mochte, Frauen schon gar nicht. In sich gekehrt rauchte er seine Zigarette. Warum hatte Vesper ihn nicht vorgewarnt? Der würde was erleben.

„Entschuldigung, Kollege Meinders, sagten Sie nicht, Sie wollten zur Franke-Vermietung?"

Hauptkommissar Meinders blieb stehen und schaute seine Kollegin ein wenig verwirrt an.

„Ja, wieso ...?" Seine Frage wurde durch lautes Husten unterbrochen. Verdammt, dachte er, Reden und Tabak inhalieren passten einfach nicht zusammen. Er müsste etwas mehr Disziplin an den Tag legen, in Bezug aufs Rauchen.

Hannah Claasen konnte sich ein kurzes Schmunzeln nicht verkneifen. Sie wartete, bis er sich von seinem Hustenanfall erholt hatte, bevor sie antwortete: „Weil Sie in die falsche Richtung gehen!"

Verdutzt schaute Meinders seine Kollegin an. Er war einfach losmarschiert, ohne genau zu wissen, wohin.

„Oh!" Er schaute sich kurz um, damit er wusste, wo er sich befand. Auf einem Schild stand „Neuer Weg", doch damit war ihm auch nicht geholfen. Er wusste den Weg nicht. Ich hätte doch das Auto nehmen sollen, dachte er. In seinem Dienstwagen hatte er ein Navigationsgerät. Dann wäre ihm diese Pleite nicht passiert. Hannah Claasen war weit davon entfernt, sich über ihren Kollegen lustig zu machen. Sie wusste, dass er ein Eigenbrötler war, aber ein hervorragender Polizist. Seine Aufklärungsrate war enorm. So mancher Kriminelle hatte versucht, ihn hinters Licht zu führen, aber nicht mit seinem Sturkopf und seiner Intelligenz gerechnet. Darum hatte sie gebeten, bei ihm Dienst machen zu können, obwohl jeder ihr davon abgeraten hatte, weil er so schwierig war. Jetzt schaute sie ihn ganz offen an und überlegte kurz, bevor sie weitersprach: „Am besten, wir gehen zurück zur Vereinsallee, Am Oland entlang und biegen dann in die Westerstraße ein, die direkt in die Nordseestraße übergeht. Das sind ungefähr fünfzehn Minuten zu Fuß." Sie schaute ihn immer noch an und setzte sich dann in Bewegung. Meinders folgte ihr wortlos.

„Warum kennen Sie sich so gut aus?" Meinders war neugierig.

„Ich bin hier aufgewachsen, zwischen Ebbe und Flut, Kurgästen und Ausflugsfahrten. Ich habe so manche Ferienwohnung gereinigt, um mir mein Studium zu finanzieren. Dann war ich mehrere Jahre in München und in Dortmund. Und nun bin ich wieder zu Hause." Nachdem sie geendet hatte, seufzte sie. Es war schön, endlich wieder hier zu sein.

„Wie weit sind Sie über den aktuellen Fall informiert?" Meinders hatte das Gefühl, das Thema wechseln zu müssen.

„Noch gar nicht. Ich bekam heute Morgen die Order, hier aufzutauchen und mich bei Ihnen zu melden. Mehr weiß ich nicht."

Während die beiden ihren Weg zur Franke-Vermietung fortsetzten, brachte Meinders seine Kollegin auf den neusten Stand.

„So, jetzt wissen Sie genau so viel wie wir", sagte Meinders gerade, als sie in die Nordseestraße kamen. Er schaute auf und erkannte den Schriftzug am Haus.

Franke – Vermietung

Ferienwohnung/-Häuser

Fahrradverleih und Ausflugsfahrten

Er wusste, dass auch die Witwe des Opfers zugegen sein würde. Er hasste solche Situationen. Zum Glück hatte er die Nachricht vom Tod ihres Mannes nicht überbringen müssen.

Die Kommissare schauten sich kurz an und traten ein. Im Büro wimmelte es von Menschen. Kinder liefen umher und spielten Fangen und warfen fast das Regal mit den Prospekten um. Das Büro hatte eine riesige Fensterfront, die viel Licht hereinließ. Direkt davor stand eine gemütliche Sitzgarnitur, die zum Ausruhen einlud. Außerdem roch es nach frisch gebrühtem Kaffee. Bevor Meinders etwas sagen konnte, kam ihnen eine Frau entgegen. Freudestrahlend und mit offenen Armen lief sie auf seine Kollegin zu.

„Ich dachte, ich hätte mich geirrt. Aber du bist es doch. Mensch, Hannah, wie lange haben wir uns nicht mehr gesehen."

Frauen, dachte Meinders. Immer dieses Getue.

Langsam löste sich Hannah Claasen von der Frau.

„Astrid, schön, dich zu sehen. Darf ich vorstellen: mein Kollege Hauptkommissar Meinders von der Kripo." An ihren Kollegen gewandt, sprach sie weiter: „Das ist Frau Astrid Franke, die Inhaberin der Vermietung."

Meinders rieb sich das Kinn. Es waren einfach zu viele Leute hier, um sich in Ruhe zu unterhalten. Hannah Claasen erahnte die Gedanken ihres Kollegen und flüsterte ihrer Bekannten etwas ins Ohr. Diese nickte nur, ging in den vorderen Teil des Büros und forderte die Gäste höflich auf zu gehen. Sie erntete nicht nur positive Äußerungen. Aber langsam verschwanden die Leute.

„Connie, schließ bitte hinter den Gästen ab, damit wir ungestört sind." Die Worte waren für ihre Mitarbeiterin bestimmt, die aus dem Lager kam.

„Wir würden gerne mit dir und deiner Kollegin sprechen. Natürlich auch mit Frau Bender." Fragend schauten sich die Kommissare um. Sie hatten die Frau des Opfers hier erwartet.

„Frau Bender ist in der Ferienwohnung. Sie ist noch nicht in der Lage, vernommen zu werden. Der Notarzt hat ihr eine Beruhigungsspritze gegeben. Wir sehen immer mal nach ihr."

Astrid Franke bot ihrem Besuch an, sich zu setzen, und goss jedem eine Tasse des herrlich duftenden Kaffees ein.

„Ich war gerade bei ihr. Sie schläft tief und fest." Connie Holtz, die Mitarbeiterin von Astrid Franke, drehte sich einen Stuhl herum und setzte sich rittlings darauf. Sie stützte ihre Arme auf die Lehne und trank ihren Kaffee. Hauptkommissar Meinders ergriff das Wort.

„Sie wissen ja, was passiert ist. Können Sie uns irgendetwas sagen, haben Sie etwas gesehen oder gehört, ist Ihnen irgendetwas aufgefallen, was Ihnen komisch vorkam? Oder könnten Sie sich vorstellen, dass die Eheleute sich gestritten haben und der Streit eskaliert ist?" Meinders hoffte auf irgendeinen Hinweis auf den Täter oder die Täterin.

„Also, ich kann mir nicht vorstellen, dass Frau Bender ihren Mann umgebracht hat. Die beiden kommen schon seit fast dreißig Jahren nach Büsum und verbringen hier ihren Urlaub. Am Anfang mit den Kindern und später alleine." Astrid Franke schaute ihre Kollegin fragend an. Doch auch die schüttelte den Kopf und erklärte ebenfalls, dass sie es für unmöglich halte, dass Frau Bender ihren Mann umgebracht habe.

Soviel dazu, dachte Meinders. Aber auch er glaubte nicht wirklich daran, dass die Ehefrau die Täterin war. Der Doktor hatte doch davon gesprochen, dass der Täter sehr kräftig gewesen sein musste.

„Und sonst kannst du uns nichts sagen? Keine Vorkommnisse, die seltsam waren, oder Geschehnisse, die nicht offensichtlich etwas mit dem Tod von Herrn Bender zu tun haben?" Hannah Claasen vermied das Wort „Mord".

Connie Holtz hob ihren Zeigefinger und murmelte vor sich hin: „Moment mal." Sie schaute ihre Kollegin an. „Mensch, Astrid, erinnerst du dich an den Anreisetag von Familie Bender? Da war doch irgendetwas mit Renate."

Meinders schaute etwas verwirrt.

„Renate Berger ist eine unserer Reinigungskräfte. Es gab ein wenig Trubel, aber der war schnell behoben", antwortete Astrid Franke.

Meinders stutzte. Den Namen Berger hatte er heute doch schon gehört. Leider konnten die beiden Frauen nicht wirklich weiterhelfen. Eins war sicher: Keiner der bisher Involvierten schien genug kriminelle Energie zu haben, um so einen Mord zu begehen.

6

Kommissar Vesper hatte die restlichen Arbeiten der Spurensicherung überwacht, als ein heftiges Knattern an seine Ohren drang. Neugierig geworden, machte er ein paar Schritte über den Deich und verzog das Gesicht. Na, der Typ hatte ihm gerade noch gefehlt. Zum Glück ist Meinders nicht hier, dachte er nur und ging vorsichtig den Weg hinunter zur Straße.

„Sie brauchen gar nicht erst anzuhalten, Clausen. Hier gibt es nichts zu sehen!"

Die Worte hatte er an den Fahrer des Wagens gerichtet.

„Ach, Vesper! Sie auch hier?"

Mit einem breiten Grinsen im Gesicht bremste der Angesprochene seinen Wagen ab.

„Henning Clausen, immer auf der Jagd nach einer guten Story. Aber ich muss Sie enttäuschen. Hier ist nichts für Sie drin. Warum drehen Sie Ihren altersschwachen Wagen nicht einfach um und suchen sich eine andere Stadt, in der Sie Ihr Unheil treiben können?"

Vesper legte ein Lächeln auf, obwohl ihm nicht danach war. Menschen wie Henning Clausen verdienten es nicht, die Bezeichnung Journalist zu tragen. Voller Verachtung dachte Vesper an ihre letzte Begegnung. Durch seine unmöglichen Methoden zu recherchieren hatte Clausen fast ein Menschenleben auf dem Gewissen. Er ging für eine gute Story über Leichen, da war Vesper sich sicher.

„Oh, das sollten Sie mir überlassen. Wo ist denn Meinders?"

Clausen öffnete die Tür seines Wagens, um auszusteigen, als Vesper sich an der Tür abstützte und sie wieder zuschlug.

„Für Sie immer noch Hauptkommissar Meinders ... und falls Sie mit dem Gedanken spielen, hier Ihren Wagen zu parken, muss ich Ihnen einen Verweis erteilen. Sie stehen nämlich im Halteverbot."

Die Lippen fest aufeinander gepresst, setzte Clausen seinen Wagen in Bewegung und knatterte wütend davon.

Wie unhöflich die jungen Leute heute sind. Er hat sich nicht einmal für meinen Hinweis bedankt, dachte Vesper kopfschüttelnd. Doch er wusste, dass Clausen nicht so schnell aufgeben würde. Schlimm genug, dass ein solcher Mord dieses beschauliche Städtchen aufschreckte, nein, jetzt kamen auch noch die „Aasgeier", die sogenannten Reporter. Wütend ging er zurück zum Tatort.

Während er noch überlegte, wie er Meinders die Anwesenheit von diesem Schreiberling erklären sollte, sah er ihn über den Deich kommen. Doch er war nicht allein. Vesper kniff die Augen zusammen. Wer war die Frau an seiner Seite?

Die letzten Helfer verließen den Tatort, und nur ein flatterndes rot-weißes Band verriet, dass hier etwas geschehen war.

„Vesper, hat alles geklappt?", keuchte Meinders. Dieses ewige Rauf und Runter brachte ihn ganz außer Atem.

Mit einem fragenden Blick auf die Frau, antwortete Vesper: „Ja, alles erledigt. Die Berichte sollen heute Abend auf Ihrem Schreibtisch liegen."

Meinders räusperte sich und zückte seine Zigaretten.

„Darf ich Ihnen Kommissarin Hannah Claasen vorstellen. Sie soll uns unter die Arme greifen." Energisch suchte er in seinen Taschen nach einem Feuerzeug. „Sie ist hier aufgewachsen und kennt die Leute gut."

Vesper streckte ihr die Hand hin, und ein Lächeln legte sich auf sein Gesicht.

„Freut mich, Kollegin. Ich bin Markus Vesper. Willkommen im Team."

Hannah ergriff seine Hand und erwiderte den festen Händedruck. Sie wusste sofort, dass sie sich verstehen würden.

„Danke, ich freue mich auch."

„Ja, ja, ist ja gut. Nur nicht übertreiben." Meinders sog heftig an seiner Zigarette. Er hasste solche Momente. „Erzählen Sie lieber, ob die Spurensicherung was rausgefunden hat."

Vesper zuckte unmerklich zusammen. Er verstand nicht, warum sein Chef so sauer war.

„So wie es aussieht, ist der Tote nur im Strandkorb abgelegt worden. Getötet wurde er woanders. Viel mehr wollte mir Frau Schäfer nicht sagen. Wir müssen also auf die Berichte warten."

Mit einem kurzen Seitenblick auf seine Kollegin redete er weiter. Bei dem Namen „Schäfer" lief es Meinders kalt den Rücken runter.

„Vielleicht erfahren wir mehr von den Kollegen, die noch an den Nachbarn dran sind."

„Mmmhhh, ich bin mir fast sicher, dass wir aus diesen Teichen nichts fischen werden. Lassen wir uns überraschen." Meinders Gesicht verschwand hinter einer dicken, undurchsichtigen Tabakwolke, und er dachte angestrengt nach.

Vesper überlegte noch, ob er Meinders über die Anwesenheit von Henning Clausen informieren sollte, als Hannah Claasen eine Frage einwarf.

„Wissen wir, was der Tote gemacht hat, bevor er verschwand?"

Bevor Vesper etwas sagen konnte, antwortete Meinders: „Er war auf dem Weg zur Theaterkasse, um Karten für ein Theaterstück zu besorgen. Die Kollegin von der Kurverwaltung werden wir noch befragen."

„Es gibt da noch etwas, das ich Ihnen sagen muss."

Vesper scharrte mit einem Fuß hin und her.

„Vesper, was ist los?"

Meinders wusste, wenn er sich so verhielt, konnte nichts Erfreuliches dahinter stecken.

„Die Aasgeier sind in Büsum eingefallen ..."

Er machte eine kurze Pause.

„Allen voran Henning Clausen."

Er hörte, wie Meinders scharf die Luft einzog. Der Gesichtsausdruck des Hauptkommissars beunruhigte ihn. Meinders zog seine Augenbrauen zusammen und blies heftig den Rauch aus seinen Lungen.

„Das Wort Aasgeier ist noch zu höflich für so einen. Aasgeier sind überaus nützliche Tiere. Dieser Typ ist ein Furunkel. Brennend, juckend und schmerzhaft sitzt er an einer schwer erreichbaren Stelle. Man muss tief, sehr tief ins Fleisch schneiden, um es mit der Wurzel zu entfernen."

Mit finsterer Miene starrte er durch den sich kräuselnden Tabakrauch. Vorsichtig tastete sich Hannah vor.

„Darf ich erfahren, über wen Sie gerade die Lanze brechen?" Sie schaute von einem zum anderen und wartete auf eine Antwort.

„Henning Clausen, seines Zeichens Reporter."

Hannah kam es vor, als spie er jeden Buchstaben einzeln aus. Einige Sekunden vergingen, bevor Meinders weitersprach.

„Er ist ein Mann ohne Gewissen. Für ihn zählen nur Auflagen. Anständige Recherche ist für ihn ein Fremdwort. Fehlen an einer Story ein paar Details, erfindet er sie einfach. Auswirkungen seines Tuns interessieren ihn nicht."

An Vesper gewandt, fuhr er fort: „Hab ich in Bezug auf diesen Schreiberling etwas vergessen?"

Vesper schüttelte den Kopf. „Nein, ich glaube nicht. Für diesen Herrn vom Holsteiner Tagesboten gibt es keine andere, bessere Bezeichnung." Mit einem Blick auf seine Armbanduhr sagte er: „Ich glaube, wir sollten uns beeilen. Gegen 16 Uhr werden wir in der Kurverwaltung erwartet."

„Na, dann los. Mal sehen, was die uns zu sagen haben."

Meinders blickte seine Kollegin an. „Kennen Sie jemanden von denen?"

„Nein."

„Na, dann wollen wir denen mal auf den Zahn fühlen."

Gemeinsam traten sie in die halbdunkle Halle der Kurverwaltung. Stickige Luft und verschiedenste Gerüche schlugen ihnen entgegen, und eine Menge aufgeregter Urlauber versperrte den Weg. Eine Mitarbeiterin geleitete sie in die obere Etage.

Frau Feld klopfte leise an die Tür ihres Chefs.

„Herein!"

„Herr Bothmann, die Kommissare Meinders, Vesper und Claasen."

„Oh, ja natürlich! Geben Sie bitte Frau Hermanns Bescheid, dass die Kriminalpolizei hier ist."

„Ja, sofort!"

Vorsichtig schloss sie die Tür hinter sich. Der Kurdirektor Bothmann stand, die Arme auf dem Rücken verschränkt, vor einem riesigen Panoramafenster. Den Blick auf den Parkplatz und auf die Kurgäste gerichtet, seufzte er tief.

„Tja, meine Herren. Das wird uns eine Menge kosten."

Während er sich langsam herumdrehte, erblickte er zu seiner Überraschung auch ein weibliches Wesen. „... und natürlich meine Dame. Entschuldigen Sie. Ich hatte nicht mit einer Frau gerechnet. Ich hoffe, Sie nehmen mir das nicht übel?"

Mit einem Lächeln nahm er die Hand der Kommissarin, führte sie an seine Lippen und deutete einen leichten Kuss an.

Meinders räusperte sich. Was dieser Oberfatzke sich einbildet, dachte er bei sich. Glaubte er wirklich, dass seine Kollegin sich von so etwas beeindrucken ließ? Obwohl er sich sicher war, warf er ihr einen kurzen Seitenblick zu. Hannah war sehr amüsiert über diese altertümliche Höflichkeit.

„Was meinten Sie damit, dass es Sie eine Menge kosten wird?" Vesper fühlte sich verpflichtet, die entstandene Stille zu durchbrechen.

„Na, überlegen Sie doch mal. In unserem beschaulichen, kleinen Städtchen solch ein grausamer Mord. Die Gäste werden in Scharen aus Büsum abreisen, und diese Einbußen werden wir nicht wieder aufholen können."

„Ich bin da anderer Meinung."

Keiner hatte bemerkt, dass noch jemand das Büro betreten hatte.

„Vielleicht bringt uns diese Popularität noch eine Menge ein."

Jutta Hermanns stand mit hocherhobenem Kopf in der Tür und heftete ihren Blick fest auf die Anwesenden.

„Ich glaube, wir werden durch dieses kleine Übel das beste Jahr seit langem haben."

„Kleines Übel?" Meinders schaute die Frau mit hochgezogenen Augenbrauen an. Er glaubte, sich verhört zu haben.

Kurdirektor Bothmann fühlte sich sehr unwohl in seiner Haut. Sein Anzug schien ihm irgendwie zu eng zu sein.

„Was meine Kollegin Frau Hermanns meint, ist, dass uns dieses schreckliche Verbrechen einen Gästeansturm bringen wird. Das ist natürlich nur aus marketingtechnischer Sicht gemeint. Ich meine ..." Er verstummte, und eine unangenehme, peinliche Stille füllte das Büro.

„Das ist ein sehr schmaler Grat, auf dem Sie sich befinden. Ein wenig zu weit nach links ... und Ihre Gäste sind auf und davon, ein wenig zu weit nach rechts ... und Büsum kann sich vor den sogenannten Erlebnisurlaubern kaum retten."

Hannah schaute von einem zum anderen und seufzte. Sie zuckte zusammen, denn sie hatte ihre Gedanken laut ausgesprochen.

„Das Risiko besteht natürlich. Aber ich gehe von der rechten Variante aus."

Jutta Hermanns' Stimme war sehr dunkel. Hannah schaute sie für einige Sekunden lang an und überlegte, wie abgebrüht jemand sein musste, um aus so einem schrecklichen Vorfall einen Nutzen zu ziehen. Sie fühlte eine immer größer werdende Abneigung gegen diese Frau.

Wieder war es der Kurdirektor, der die Situation zu entschärfen versuchte. „Aber bitte nehmen Sie doch Platz. Im Sitzen redet es sich besser. Kann ich Ihnen einen Kaffee anbieten, oder möchten Sie lieber etwas Kühles trinken?"

„Nein, danke, wir haben nicht viel Zeit." Meinders zog sich einen Stuhl heran und ließ sich schwer darauf nieder. Ihm war nach einer Zigarette, also durchsuchte er eilig seine Taschen.

Er zog sein Päckchen heraus und knurrte in sich hinein. Es war leer. Mit einem energischen Griff zerknüllte er es.

„Kommen wir zum Wesentlichen: Haben Sie irgendwelche Hinweise oder Informationen, die zur Aufklärung dieses Verbrechens beitragen können?"

„Um Gottes willen. Natürlich nicht. Sie werden doch wohl nicht die Kurverwaltung in dieses furchtbare Verbrechen hineinziehen wollen?" Dieter Bothmann sprang auf und schaute entsetzt in die Runde. „Ich kann mir nicht vorstellen, dass jemand von uns einen Mord begangen haben soll. Warum auch?"

„Ich glaube, was der Kommissar wissen wollte, ist, ob es Zwischenfälle oder Streitereien gab oder ob sich jemand auffällig verhalten hat."

Jutta Hermanns betrachtete gelangweilt ihre Fingernägel.

„Sie suchen nach Hinweisen, aus denen man schließen kann, warum das alles passiert."

Ihr Gesicht nahm einen seltsamen Ausdruck an.

Dieter Bothmann räusperte sich. „Vielleicht kann unser Personal weiterhelfen. Sie haben direkten Kontakt zu unseren Gästen und bekommen eher mit, ob es Meinungsverschiedenheiten gab."

Nervös schritt er auf und ab.

Meinders überlegte kurz und stand auf. Seiner Meinung nach war aus diesem Gespräch nichts Brauchbares mitzunehmen.

„Das sollten wir auch tun. Ich danke Ihnen, dass Sie sich Zeit für uns genommen haben. Falls Ihnen noch irgendetwas einfällt, melden Sie sich bitte."

Vesper griff in seine Tasche, zog eine Visitenkarte heraus und legte sie auf den Tisch. Gemeinsam gingen die Kommissare wieder in die große Halle zurück, um mit dem Personal zu sprechen. Doch wie Meinders es vermutet hatte, konnte keiner etwas zur Auflösung beitragen. Zurück auf der Polizeiwache erwartete sie noch eine Menge Papierkram. Auch der Bericht des Gerichtsmediziners lag schon bereit, brachte aber keine neuen Erkenntnisse. Meinders war unzufrieden. Er hatte sich einige Hinweise versprochen. Wütend starrte er auf den kleinen Fernseher. Auf jedem Kanal liefen Sondersendungen zum Büsum-

Mord. Abrupt stand er auf und suchte seine beiden Mitarbeiter.

„Ich kann nicht nachdenken, wenn mir der Magen knurrt. Lassen Sie uns was essen gehen."

7

Vesper bremste so stark, dass der Kaffee, den Meinders in den Händen hielt, überschwappte.

„Verflucht noch mal ...!"

„'Tschuldigung, Chef", nuschelte Vesper.

Vor sich hinfluchend, versuchte Meinders ein Taschentuch aus der Hosentasche zu fingern, während er aus dem Auto ausstieg. Der Tag fängt ja gut an, dachte er und ging mit raumgreifenden Schritten über den Deich in Richtung Sandbank. Die beiden näherten sich dem abgesperrten Bereich, ein Uniformierter hielt das rot-weiße Flatterband in die Höhe, damit sie ungehindert den Tatort betreten konnten.

„Informiere uns doch über die Schweinerei, die hier passiert ist, Hinrichs."

Meinders warf seinem Kollegen einen fragenden Blick zu.

„Um 3.58 Uhr erschien Fiete bei uns auf der Wache und ..."

„Wer?" Vesper hatte seinen Schreibblock gezückt, um sich Notizen zu machen, hielt aber inne.

„Ähm, Herr Friedrich Dahlmann erschien also auf der Wache und stammelte zusammenhangloses Kauderwelsch. Er redete von einem Kopf, der aus dem Sand herausragt. Uns ist ja bekannt, dass Fiete eine Schnapsdrossel ist, also haben wir seinen Ausführungen nicht so viel Bedeutung beigemessen." Hinrichs machte eine kurze Pause. „Also, wir haben seine Erzählung nicht sehr ernst genommen. Aber er ließ nicht locker, führte uns zum Tatort, und wir fanden eine eingegrabene, männliche Leiche."

„Hmmmhhmm." Meinders zückte seinen PDA und machte sich ebenfalls ein paar Notizen.

„Na, dann mal her mit dem Unglücksraben."

Während Hinrichs sich entfernte, schaute Vesper seinen Chef fragend an.

„Kann es sein, dass die Morde zusammengehören?"

Meinders kratzte sich nachdenklich am Kinn. „Es ist noch zu früh. Wir müssen den Bericht des Gerichtsmediziners abwarten. Als Erstes sollten wir uns einen Überblick vom Tatort verschaffen. Machen Sie das bitte. Ich rede in der Zwischenzeit mit dem Zeugen Dahlmann."

Vesper setzte sich in Bewegung, und Hinrichs traf mit einem völlig verängstigten, übernächtigten Mann ein.

„Das ist der Zeuge Dahlmann, Herr Kommissar."

„Na, dann raus mit Ihrer Geschichte, Fiete."

Mit weinerlicher Stimme begann der Mann zu erzählen. „Tja, Herr Kommissar, meine Tante Martha ist neunzig Jahre alt geworden, und da bin ich ein bisschen feiern gegangen und ..."

Genervt wippte Meinders von einem Bein aufs andere. „Fiete, kommen Sie auf den Punkt!"

„Das versuche ich ja gerade, Herr Kommissar. Also, ich kam aus dem Billardsalon, wo ich ein paar Schnäpschen getrunken habe. Ich wollte nach Hause und habe die Abkürzung über die Sandbank genommen. Und auf einmal war er da ..."

„Wer war da?" Meinders verlor langsam die Geduld.

„Na, der Kopf, der da im Sand steckte. Ich habe mich zu Tode erschreckt."

Er schaute betreten zu Boden. Meinders hatte das Gefühl, dass er noch nicht alles gesagt hatte. „Ist Ihnen etwas aufgefallen? Haben Sie irgendjemanden gesehen?"

„Wie denn, Herr Kommissar? Es war doch dunkel!"

Meinders verdrehte die Augen. Mit diesem Zeugen kam er keinen Schritt weiter. Er musste sich auf die Spurensicherung, die Gerichtsmedizin und sich selbst verlassen. Kopfschüttelnd ließ er den Dahlmann stehen, um sich den Toten anzusehen.

„Was haben wir?" Meinders nickte nur kurz, als er sich zu Vesper und dem Gerichtsmediziner gesellte. Behrends wies stumm auf den Kopf des Opfers, um den sich ein paar Mitarbeiter der Spurensicherung geschart hatten. Mit kleinen Schaufeln versuchten sie den Leichnam vorsichtig freizulegen. Meinders sah eine Weile stumm zu.

„Nun, Knut, können Sie mir schon was über den Toten sagen – außer dass er tot ist?"

„Um Ihnen mehr sagen zu können, muss ich den Rest der Leiche erst einmal anschauen. Was ich definitiv sagen kann", Behrends schürzte die Lippen und schien angestrengt nachzudenken, „was ich sagen kann ... der Tote ist männlich, und wir können Selbstmord ausschließen."

„Aha. Wann kann ich mit einem Bericht rechnen?"

„Wenn die Hobbyarchäologen fertig sind, kann ich mehr sagen. Ich rufe Sie an."

Meinders war in Gedanken versunken, als eine Stimme ihn herumfahren ließ.

„Hallo Herr Kommissar." Die Stimme gehörte Wanda Schäfer.

„Ich muss schon sagen, die Täter lassen sich was einfallen. Gut für mich, dann bekomme ich Sie öfter zu Gesicht."

Ein weiches Lächeln umspielte ihren Mund. Meinders fühlte sich unwohl.

„Ist das nicht ein wenig makaber, was Sie da von sich geben?"

„Aber wenn es doch stimmt, Kommissärchen. Jetzt muss ich aber an die Arbeit. Ich brauche nur noch meine Förmchen. Dann mache ich mich mal ans Werk, damit Sie Ihren Spusibericht schnellstens auf dem Tisch haben."

Sie schürzte ihre Lippen und warf einen Handkuss in Richtung des Kommissars. Dieser wandte sich irritiert ab.

Nervös wühlte Meinders in seinen Taschen nach seinen Zigaretten. Verdammt, eigentlich wollte ich nicht mehr rauchen, dachte er wütend. Doch dann wurde seine Aufmerksamkeit durch etwas anderes abgelenkt. Die Sandbank war durch zwei kleine Binnenseen vom Deich getrennt. Er kniff seine Augen zusammen und erkannte nun eine heraneilende Person. Mit langen Schritten kam die Kollegin Claasen den Weg entlang. Er hatte sich schon gewundert, wo sie abgeblieben war. Wahrscheinlich waren ihre Haare nicht so schnell getrocknet oder so etwas ähnliches. Bei den Frauen kann Mann das nie so genau wissen, dachte er gerade, als er sah, dass sie etwas in der Hand hielt. Aus der Entfernung konnte Meinders nichts erkennen.

Als sie jedoch näher kam, konnte er sehen, dass es eine Zeitung war. Er schaute auf seine Uhr und runzelte nachdenklich die Stirn. Es war gerade 5.45 Uhr. Woher hatte sie die nur, um diese Zeit? Er zündete sich eine Zigarette an und wartete voller Ungeduld.

„Ich glaube, das wird Sie interessieren."

Hannah schaute ihren Kollegen mit einem ernsten Gesichtsausdruck an. Ohne ein weiteres Wort hob sie die Zeitung. Meinders' Blick fiel auf die Schlagzeile.

In Büsum geht ein Serienmörder um

... und die Polizei tappt mal wieder im Dunkeln!

Es war, als würde ihm jeder Buchstabe mitten ins Gesicht schlagen. Er hatte Mühe, seine Wut im Zaum zu halten und griff nach der Zeitung. Mit zitternden Fingern las er den Bericht weiter:

Büsum ... wie uns aus zuverlässiger Quelle berichtet wurde, hat der Täter erneut zugeschlagen. Ein weiterer Gast wurde auf bestialische Weise ermordet, und die Polizei hat noch keine brauchbaren Hinweise. In diesem beschaulichen Städtchen geht die Angst um. Wer wird der Nächste sein? Wird die Polizei den Killer stellen können? Fragen über Fragen!

Lesen Sie dazu den Sonderbericht auf Seite 2 ...

von Henning Clausen

Hannah spürte, wie es in ihrem Kollegen zu brodeln begann und ging automatisch einen Schritt zurück.

„Clausen, dieser Schmierlappen vom Holsteiner Tagesboten!", zischte Meinders.

„Aber eine Frage stellt sich dann doch." Hannah flüsterte nur und starrte vor sich hin.

„Was meinen Sie?" Meinders schaute seine Kollegin fragend an.

„Bei den Zeitungen ist gegen Mitternacht Redaktionsschluss, das heißt, alle Artikel müssen bis zu diesem Zeitpunkt eingereicht sein. Unser Toter wurde laut Polizeibericht aber erst gegen vier Uhr von dem Zeugen gefunden. Dann würde ich gerne wissen, woher Clausen gewusst hat, dass es einen zweiten Toten geben würde. Vor allem würde mich die Informationsquelle interessieren."

Meinders nickte. Seine Kollegin hatte recht. Hektisch zündete er sich erneut eine Zigarette an.

„Wie krank ist denn das? Mindestens zwei Menschen hatten Informationen darüber, dass jemand getötet werden würde, und keiner hat die Polizei informiert." Hannah hatte das Gefühl, nicht mehr atmen zu können.

„Ich glaube wir sollten uns mit diesem Hellseher unterhalten. Hören wir uns mal an, was er zu erzählen hat."

Meinders schnippte mit einer kurzen Bewegung seine Kippe davon.

„Vesper!" Sein Ruf hallte über die ganze Sandbank.

„Was haben Sie vor?"

Hannah war besorgt. Meinders' Gesichtsausdruck ließ nichts Gutes vermuten. Er hatte Schwierigkeiten, seine Emotionen unter Kontrolle zu halten.

Bevor Meinders etwas erwidern konnte, erschien Vesper auf der Bildfläche. Er war gelaufen und atmete schwer.

„Was gibt es denn?"

Er schaute von einem zum anderen. Er kannte seinen Chef gut genug, um zu wissen, dass er ziemlich aufgebracht war.

„Vesper, schaffen Sie mir diesen Schmierlappen Clausen her. Bringen Sie ihn auf die Polizeistation, und setzen Sie ihn fest!"

Vesper nickte kurz und verschwand.

„Glauben Sie wirklich, dass er Ihre Fragen beantworten wird? Er ist Reporter und nicht verpflichtet, seine Quellen zu nennen."

Hannah hatte ihren Gedanken laut ausgesprochen. Meinders schaute die junge Frau lange an. Er wusste, dass sie recht hatte. Er kannte Henning Clausen lange genug, um zu wissen, dass er niemals seine Quelle preisgeben wird. Er würde die Situation sogar genießen und bis zum Ende ausschlachten.

„Das weiß ich selbst. Aber er kann ruhig ein wenig schwitzen in der Arrestzelle."

Meinders sah, wie seine Kollegin zusammenzuckte. Er hatte die Worte ziemlich heftig ausgesprochen. Er atmete tief ein und versuchte zu lächeln.

„Entschuldigen Sie bitte meine harten Worte. Ich wollte Sie nicht erschrecken, aber wir müssen versuchen, Clausen aus dem Verkehr zu ziehen. Vielleicht haben wir eine Chance, wenn der Richter uns einen Haftbefehl ausstellt."

Hannah schaute ihren Chef fragend an, doch dann verstand sie. „Sie wollen ihm wegen unterlassener Hilfeleistung an den Kragen."

„Richtig. Vielleicht können wir ihm sogar Beteiligung anhängen. Es kommt jetzt natürlich darauf an, wann der Tod eingetreten ist. Sollte der Doktor feststellen, dass das Opfer vor Mitternacht getötet wurde, kriegen wir ihn wegen Beihilfe. Wurde es nach Mitternacht getötet, wegen unterlassener Hilfeleistung. Wir setzen ihn auf alle Fälle fest."

Hannahs Aufmerksamkeit wurde durch etwas anderes abgelenkt. Sie schaute auf ihre Uhr und runzelte die Stirn. Meinders fand ihr Verhalten etwas seltsam und folgte ihrem Blick. Hinter dem Absperrband stand ein Mann. Seine Haare waren vom Wind ganz zerzaust. Er sah nicht wie ein Jogger aus oder jemand, der Spaziergänge zum Sonnenaufgang machte.

„Kennen Sie den Mann?"

„Das ist Jürgen Siebert, der Vorsitzende des Vermietervereins. Ich frage mich nur, was der hier so früh am Sandstrand will. Er wohnt am anderen Ende von Büsum. Ist doch merkwürdig, oder?"

Meinders versprach sich nicht viel von einer Befragung, ging aber langsam hinter seiner Kollegin her.

Siebert stand am Absperrband und schaute neugierig in die Runde. Dann wurde ihm bewusst, dass er beobachtet wurde. Meinders entging nicht, wie Siebert seine Körperhaltung veränderte.

„Guten Morgen, Herr Siebert!" Hannah streckte ihm ihre Hand entgegen.

Siebert ergriff sie und ließ seinen Blick über ihre schlanke Gestalt wandern. Meinders honorierte das mit einem Räusperer.

„Kennen wir uns?" Siebert hielt immer noch Hannahs Hand fest.

„Mein Name ist Hannah Claasen. Ich bin Arndt Classens Tochter."

„Oh, ja, ich erinnere mich an Sie." Sein Blick wurde intensiver. „Seit wann sind Sie wieder in Büsum?"

Meinders registrierte, dass Siebert die Frage nicht wirklich interessierte. Es missfiel ihm, dass dieser Typ immer noch die Hand seiner Kollegin festhielt.

„Darf ich fragen, was Sie hier so früh machen?"

Siebert hatte seine Augen immer noch auf Hannah gerichtet. Plötzlich ließ er ihre Hand los.

„Ich hörte die Polizeisirenen und befürchtete das Schlimmste. Sie wissen ja, dass schon ein Toter gefunden wurde. Für mich als Vorsitzenden des Vermietervereins ist es wichtig, auf dem Laufenden zu bleiben."

Er blickte von einem zum anderen.

„Darf ich erfahren, wer Sie sind?"

Meinders hatte Schwierigkeiten, höflich zu bleiben. Er konnte diesen Schnösel nicht ausstehen.

„Mein Name ist Meinders. Kriminalhauptkommissar Meinders. Meine Kollegin kennen Sie ja schon. Wir bearbeiten die Todesfälle hier vor Ort."

Meinders entging nicht, wie Siebert zusammenzuckte. Er fragte sich nur, warum. Vielleicht sollte man diesem Herrn mal etwas auf den Zahn fühlen. Meinders Spürsinn war erwacht.

„Als so wichtige Person des öffentlichen Lebens können Sie uns doch bestimmt einige Informationen über den Ort und seine Einwohner geben. Vielleicht sogar darüber, wer zu solchen Taten fähig sein könnte."

Hannah schaute ihren Chef erstaunt an. Dass Meinders wenig Sympathie für Siebert übrig hatte, war nicht zu überhören.

„Wie meinen Sie das?" Misstrauisch wanderte Sieberts Blick zwischen seinen Gesprächspartnern hin und her.

„Das können Sie sich aussuchen. Ich bin nur an Antworten interessiert. Also, können Sie sich vorstellen, wer hier den Touristenschreck spielt? Nun?"

Meinders begann ungeduldig zu werden. Dieser Typ hatte etwas zu verbergen, das konnte er fast körperlich spüren.

„Woher sollte ich solche Informationen haben? Es ist Ihre Aufgabe, herauszufinden, wer die Morde begangen hat." Siebert straffte seinen Körper und warf einen langen Blick auf die Kommissarin. „Du hast immer noch nicht begriffen, dass Neugierde auch unangenehm werden kann. Man merkt, dass du die Tochter deines Vaters bist." Er neigte seinen Kopf und drehte sich herum. „Ich werde Sie nicht länger von Ihrer schwierigen Arbeit abhalten. Meine Frau wird sich schon fragen, wo ich bleibe. Ich wünsche Ihnen viel Erfolg bei Ihren Ermittlungen."

Und schon war er verschwunden.

Meinders' erster Eindruck war bestätigt.

„Na, das ist ja ein Schätzchen." Mit einem fragenden Blick auf Hannah fuhr er fort: „Was hat er damit gemeint: ‚Du bist die Tochter deines Vaters'?"

„Nichts Bestimmtes. Er wollte wohl witzig sein ..."

Abrupt drehte Hannah sich herum und ging zurück zum Fundort der Leiche. Meinders folgte ihr einige Sekunden später. In seinem Kopf begann es zu rattern. Fragen über Fragen und keine Antworten. Warum reagierte sie so merkwürdig? Er würde sich später damit beschäftigen.

Dann schloss er zu ihr auf und schenkte ihr einen kurzen Blick. Hannah war so in Gedanken, dass sie nichts davon mitbekam.

Nachdem alle Angelegenheiten auf der Sandbank erledigt waren, gingen die beiden zurück in die Polizeistation. Keiner sprach ein Wort. Ein strahlender Vesper erwartete sie schon.

„Ich hab ihn auf Eis gelegt. Er ist ziemlich wütend und faselt etwas von Beschneidung seiner Menschenrechte, Unterdrückung oder so was."

In Meinders' Mundwinkel zuckten. Es sah fast wie ein Lächeln aus, aber nur fast.

„Na, dann lassen wir ihn noch ein wenig länger schmoren", sagte er und zog die Tür seines Büros laut hinter sich zu.

Vesper schaute ihm nach. Er wusste, dass sein Chef keinen guten Tag hatte. Dann blickte er auf seine neue Kollegin.

„Was ist denn passiert? Gibt es neue Erkenntnisse von der Sandbank?"

Hannah schaute ihn lange an. Sollte sie ihm von der Begegnung mit Siebert erzählen? Es brauchte niemand zu wissen.

„Nichts Ungewöhnliches. Und wie war es bei Ihnen? Hatten Sie Schwierigkeiten bei der Festsetzung?"

Vesper begann erneut zu strahlen. Hannah konnte sich vorstellen, dass er seinen Spaß bei der Verhaftung gehabt hatte.

„Nein, Schwierigkeiten gab es nicht. Der Typ war ein wenig überrascht. Er hatte nicht mit uns gerechnet, aber allein sein Gesichtsausdruck war Entschädigung für vieles."

Aus Vespers Kehle kam ein tiefes zufriedenes Knurren, und er ging leichten Fußes zurück an seinen Schreibtisch. Hannah stand da und schaute sich um. Ihr Blick stoppte an

Meinders' Bürotür. Sie wollte, einem Impuls folgend, an seine Tür klopfen, weil sie der Meinung war, ihm eine Erklärung schuldig zu sein. Doch sie ging vorbei.

Meinders stand am Fenster und schaute hinaus, und die Stimmen der vorbeiziehenden Touristen drangen zu ihm herüber. Doch das interessierte ihn nicht. Er war mit seinen Gedanken bei seiner neuen Kollegin. Was hatte Siebert nur damit gemeint? „Du hast immer noch nicht begriffen, dass Neugierde auch unangenehm werden kann. Man merkt, dass du die Tochter deines Vaters bist."

Klingt fast wie eine Drohung, dachte er. Verdammt, was geht mich das an? Ich habe Wichtigeres zu tun, als mich um die Belange meiner Mitarbeiter zu kümmern. Doch so sehr er sich bemühte, es ließ ihn nicht los. Er versuchte sich auf den Obduktionsbericht von Dr. Behrends zu konzentrieren. Er begann zu lesen.

„Männliche Leiche mit tiefem Einstich im Bereich der Leber. Blutungen ..."

Wieder wanderten seine Gedanken zurück. Er konnte sich nicht erklären, warum Siebert eine so merkwürdige Andeutung gemacht hatte. Und die Reaktion von Claasen war ebenfalls seltsam. Vielleicht sollte er nachforschen, was mit ihrem Vater passiert war.

„Verdammt noch mal. Konzentriere dich auf den aktuellen Fall. Alles andere geht dich nichts an", wies Meinders sich zurecht. Er begann von neuem, den Obduktionsbericht zu lesen. Doch auch der brachte keine Erkenntnis. Er erinnerte sich an seine Notizen auf dem PDA. Also ging er ins Internet und versuchte sich Informationen über Ritualmörder zu beschaffen, sowie über Serienmörder. Aber so sehr er auch versuchte, eine Verbindung zu finden – es war keine da. Meinders steckte sich eine Zigarette an und wurde das Gefühl nicht los, dass irgendjemand versuchte, ihn aufs

Kreuz zu legen. Was ihm fehlte, war die Verbindung zwischen den beiden Mordfällen.

„Hab ich die Verbindung, kriege ich auch den Mörder", flüsterte er leise vor sich hin. Sein Blick fiel auf den Bildschirm des PCs. Der Courser blinkte und schien ihn aufzufordern, weitere Daten abzufragen. Er tippte langsam einige Buchstaben ein und war sicher, dass er kein Ergebnis erhalten würde. Doch zu seiner Überraschung erschienen mehrere Einträge auf der Seite. Er klickte den ersten an.

Tageszeitung online
Mysteriöser Unfall auf See. Der Skipper des Fischerbootes Adeline, Arndt Claasen, wurde tot in St. Peter-Ording an den Strand gespült. Nach noch ungeklärter Ursache war das Fischerboot bei ruhiger See gekentert und hatte die einzige an Bord befindliche Person mit auf den Grund der Nordsee gezogen ...

Der Artikel enthält nichts Ungewöhnliches, dachte Meinders, und trotzdem hatte er ein komisches Gefühl. Irgendetwas schien nicht zu passen. Ein tiefes Magenknurren riss ihn aus seinen Gedanken. Mit einem Blick zur Uhr stellte er fest, dass Frühstückszeit war, also ergriff er seine Jacke und verließ das Büro. Während er zum Ausgang ging, hallte seine Stimme laut durch die Polizeistation.

„Vesper, Claasen, wir gehen frühstücken!"

8

Siebert hatte es sehr eilig. Verdammt, dachte er, warum musste alles so kompliziert sein? Er warf die zerknüllte Brötchentüte auf den gedeckten Küchentisch.

„Jürgen, bist du das?"

Die Stimme seiner Frau Helga kam aus dem Schlafzimmer.

„Wer sollte es denn sonst sein, dein Hausfreund vielleicht?"

Er wusste, dass er zu weit ging, aber die Frage war nun wirklich zu blöd. Nahezu dreißig Jahre hielt er sie schon aus, aber manchmal hätte er sie am liebsten erwürgt.

„Hi, wie witzig du heute wieder bist. Der kommt doch erst gegen Mittag."

Siebert hatte nur mit einem Ohr zugehört und fragte ganz verwirrt: „Was?"

„Na, mein Hausfreund. Der kommt doch erst gegen zwölf Uhr!" Langsam dämmerte es ihm. Seine Frau hatte einen Scherz gemacht.

„Oh, ja, hatte ich vergessen", brummte er vor sich hin. Er musste telefonieren. Gereizt schaute er auf seine Armbanduhr, doch es war noch zu früh. Er goss sich einen Kaffee ein und steckte sich ein Brötchen in den Mund und verschwand nach draußen. Helga Siebert betrat die Küche und blieb verwundert stehen. Wo war ihr Mann? Eben hatte er doch noch mit ihr gesprochen. Sie warf einen Blick aus dem Küchenfenster, und sie sah ihn, wie er auf und ab lief.

„Was dem wohl im Kopf herumgeht? Wahrscheinlich übt er seine Rede für die Eröffnungszeremonie", seufzte sie.

Sie machte sich Sorgen um ihn. Er war extrem gereizt, und das schlimme Verbrechen machte es auch nicht besser.

Am besten koche ich ihm Kamillentee, das hilft immer, dachte sie und begann allein zu frühstücken.

Gerade als sie in ihr Brötchen beißen wollte, klingelte das Telefon. Bevor sie den Apparat erreichen konnte, war ihr Mann schon im Haus und riss den Hörer an sein Ohr.

„Ja, ich bin es!", war alles, was sie hörte.

Also, er war in letzter Zeit wirklich etwas seltsam geworden. Immer diese heimlichen Telefonate und Treffen. Kopfschüttelnd machte sie sich an die Lektüre ihrer Morgenzeitung und hätte sich um ein Haar verschluckt.

Erschrocken über die Schlagzeile warf sie einen Blick aus dem Küchenfenster. Wild gestikulierend hastete ihr Mann durch den Garten. Seitdem diese Leiche am Strand gefunden worden war, stand er unter extremer Anspannung. Sie konnte ja verstehen, dass das den Vermietern schaden konnte, aber warum belastete das ihn so sehr? Er konnte doch nichts dafür.

Siebert war mit dem Ausgang seines Telefonats nicht zufrieden. Nervös fuhr er mit einer Hand durch seine spärliche Haarpracht. Was sollte er bloß tun? Es war doch nur eine Bierlaune, eine Vorstellung von „was wäre wenn". Nicht im Traum hätte er an diesen Verlauf gedacht. Er musste sie aufhalten. Ja, er musste diesen Irrsinn beenden. Er ging ins Haus zurück, nahm seine Jacke, und während er durch die Haustür verschwand, rief er seiner Frau zu: „Bin zum Mittag wieder da, Schatz!"

Helga Siebert seufzte und begann den Tisch abzudecken.

Kommt der Mann denn nie zur Ruhe, dachte sie noch, als sie die Fahrradklingel hörte, und wieder fiel ihr Blick auf die Schlagzeile des Holsteiner Tagesboten. Ein unbehagliches Gefühl beschlich sie. Diese Geschichte war noch nicht vorbei.

Dieter Bothmann saß in seinem Büro und starrte Löcher in die Luft. Immer wieder quälten ihn dieselben Fragen. Was, wenn die Gäste abreisen würden? Wie sollte er den Image-Schaden beheben? Könnte er die Mitarbeiter halten, oder müsste er einige entlassen? Fragen, die ihn den ganzen

Morgen schon beschäftigten. Er fuhr hoch, als jemand an die Tür klopfte.

„Ja, was ist denn?"

Leise wurde die Tür geöffnet, und Frau Feld steckte ihren Kopf vorsichtig ins Büro.

„Entschuldigung, Herr Bothmann, aber ich kann Herrn Siebert nicht erreichen."

„Oh, Sie sind das. Haben Sie es bei ihm zu Hause probiert?"

Wo zum Teufel trieb Siebert sich herum, dachte er.

„Ja, natürlich. Aber seine Frau weiß auch nicht, wo er sein könnte. Er wollte bis Mittag zurück sein."

Bothmann schaute auf seine Armbanduhr. Es war kurz nach elf Uhr. Schön, dann musste er eben bis Mittag warten. Wieder klopfte es an der Tür.

„Herein!"

Sein Ton war schärfer als gedacht. Frau Feld zuckte zusammen und verließ eilig das Büro.

„Wer hat dir denn in die Suppe gespuckt? Du hast eine Laune, dass einem die Milch sauer wird."

Jutta Hermanns setzte sich ohne Aufforderung und schaute ihren Kollegen fragend an.

„Siebert ... ich bin auf der Suche nach ihm. Eigentlich sollte er in diesem Moment hier sitzen, um mit mir den Ablauf für die Eröffnungszeremonie morgen zu besprechen. Aber der Kerl ist nicht aufzufinden. Wahrscheinlich macht er eine Radtour."

Bothmann konnte einen gewissen Sarkasmus nicht unterdrücken.

„Was regst du dich auf? Er wird schon kommen. Er wird um nichts in der Welt dieses Spektakel verpassen ... und", sie machte eine bedeutsame Pause, „auch die Gäste werden ihre Freude haben. Ganz bestimmt. Vertrau mir einfach."

Bothmann blickte sie misstrauisch an. Er konnte nicht begreifen, warum sie so ruhig war. Es ging immerhin um ihre Jobs. Sollten die Gäste abreisen, wäre Büsum erledigt. Den Verlust könnten sie nicht ausgleichen, auch wenn sie wollten. Die Kassen waren leer.

„Wieso bist du so sicher? Deine Ruhe möchte ich haben. Falls es dir noch nicht aufgefallen ist, wir stehen vor dem Ruin."

„Dieter, warum musst du immer so schwarzsehen?"

Bevor sie weiterreden konnte, hörten sie einen schrillen Aufschrei aus dem Vorzimmer. Bothmann sprang hoch und riss die Tür mit einem heftigen Ruck auf.

„Was ist denn los? Warum schreien Sie so?"

Mürrisch blickte er auf seine Vorzimmerdame. Doch ihr Gesichtsausdruck ließ ihn erstarren. Sie hob den Holsteiner Tagesboten hoch. „In Büsum geht ein Serienmörder um!"

Das Entsetzen über die Schlagzeile ließ ihn verstummen.

„Was ...? Aber das kann doch nicht sein ... Warum wir?"

Durch das Stottern ihres Kollegen aufmerksam geworden, kam Jutta Hermanns nach vorne.

„Was habt ihr beiden denn? Geht etwa die Welt unter?"

Frau Feld hielt immer noch die Zeitung mit zittrigen Fingern.

„Herrje, das ist natürlich ein Grund, so ein Spektakel zu machen."

Vorwurfsvoll schaute sie Bothmanns Sekretärin an.

„Müssen Sie denn immer gleich übertreiben? Das wird sich schon alles wieder einrenken. Ihr werdet sehen!"

Mit einem Seufzer verließ sie das Büro. Bothmann und Frau Feld schauten ihr verwundert hinterher.

„Na, die hat Nerven", flüsterte Bothmann.

Langsam ließ Frau Feld die Zeitung sinken und schaute ihren Chef fragend an.

„Rufen Sie bitte bei der Polizei an, und fragen Sie nach ...", er dachte kurz nach und schnippte mit den Fingern, „wie hieß noch die Kommissarin, die gestern bei uns war?"
„Claasen, Herr Bothmann."
„Ja, natürlich. Frau Claasen. Fragen Sie bitte nach ihr, und stellen Sie mir das Gespräch dann durch."

Die Kommissare saßen bei ihrem wohlverdienten Frühstück im Strandhotel. Doch ein wirkliches Gespräch wollte einfach nicht aufkommen. Jeder war mit sich selbst beschäftigt. Wie immer, wenn er mit dem Essen fertig war oder unter Stress stand, steckte Meinders sich seine geliebte Zigarette an. Er hatte sich entschieden, erst nach Beendigung des Falles mit dem Rauchen aufzuhören. Im Moment wollte und konnte er nicht auf seine geliebten Glimmstängel verzichten. Auch hier beim Essen gingen ihm dieselben Fragen durch den Kopf. Wer tötete mit solch einer Wut? Warum auf diese Weise? Aber so sehr er auch darüber nachdachte, er fand keine Erklärung dafür, und das machte ihn fuchsig. Jedes Verbrechen hatte ein Muster, eine prägnante Eigenheit, die ihm zum Täter führte. Aber dieser Fall, das wusste er, würde ihm erheblich mehr abverlangen als die vorangegangenen.

Ein schrilles Klingeln ließ ihn aufschrecken. Das Handy seiner Kollegin. Mit einem entschuldigenden Blick nahm sie das Gespräch entgegen.

„Ja, hier Kommissarin Hannah Claasen."

Sie hörte interessiert zu. Ihre beiden Kollegen beobachteten sie aufmerksam. Sie konnten aufgrund ihrer Körperhaltung erahnen, dass die Informationen, die sie gerade erhielt, wichtig waren.

„Aber natürlich kommen wir vorbei, Astrid."

Meinders wusste sofort, um wen es ging. „Fragen Sie nach, ob das zweite Opfer auch bei ihr gebucht hat."

Sie nickte und schaute Vesper fragend an. „Markus, wie heißt denn der Tote von der Sandbank?"

Meinders stutzte. So, so, dachte er, die beiden sind schon beim Du angelangt.

Vesper zog seinen Notizblock hervor und blätterte einige Seiten durch.

„Arnold Vogler, Alter: 56, Heimatanschrift: Glockengasse 2 in Goslar, ledig."

Hannah wiederholte die Daten und wartete.

„Ja, ist gut, wir kommen so schnell wie möglich."

Nachdenklich legte sie auf und zog ihre Stirn in Falten.

„Was hat sie gesagt?" Meinders war neugierig.

„Vogler hat bei ihr kein Appartement gebucht. Wahrscheinlich bei einer der anderen Agenturen oder über die Kurverwaltung." Sie blickte von einem zum anderen. „Wurde das eigentlich schon überprüft?"

Vesper räusperte sich und stellte seine Kaffeetasse ab.

„Nein, wir haben noch keine weiteren Informationen erhalten, aber ich kümmere mich gleich darum ..." Ein spitzbübisches Lächeln lag auf seinem Gesicht, als er weitersprach. „... aber ich möchte dabei sein, wenn ihr diesen Schmierlappen verhört."

Er machte sich auf den Weg und ließ die beiden allein. Meinders saß auf seinem Stuhl und schwieg. Hannah fühlte sich nicht wohl. Er hatte nichts weiter gesagt oder gefragt, aber sie hatte das Gefühl, dass das noch kommen würde. Um ihn nicht ansehen zu müssen, wühlte sie in der Tasche nach ihrer Geldbörse und winkte dem Kellner.

„Wollen wir gehen? Frau Franke wartet bestimmt schon."

Sie hat es eilig, aus dieser Situation herauszukommen, dachte Meinders und räusperte sich geräuschvoll. Dann stand er auf, folgte ihr zur Tür hinaus, und auf dem ganzen Weg zur Nordsee-Vermietung redeten beide kein Wort. Als sie bei der Vermietung ankamen, blieben sie erstaunt stehen.

„Was in Gottes Namen ist denn hier los?"

Meinders verstand nicht, was vor sich ging. Wo kamen die ganzen Menschen bloß her? Es war schwierig, an dieser Menschentraube vorbei ins Büro zu gelangen. Viele der Wartenden schimpften und setzten ihre Ellenbogen ein. Aber Meinders blieb davon unbeeindruckt und schlug eine Schneise, immer darauf bedacht, dass seine Kollegin hinter ihm war. Astrid Franke saß an ihrem Schreibtisch und versuchte, diesem Andrang Herr zu werden, als sie die beiden Kommissare entdeckte. Sie stand auf und winkte ihnen zu.

„Connie, Hannah ist da. Wir gehen nach hinten, damit wir uns in Ruhe unterhalten können. Schaffst du es für einen Augenblick alleine?"

Astrid Franke schaute auf die Menschenmassen und war davon überzeugt, dass ihre Kollegin ein verdammt gutes Nervenkostüm benötigte, um nicht unterzugehen. Doch Connie hob nur ihre Hand, nickte und wandte ihre Aufmerksamkeit wieder ihren Gästen zu. Im Hinterzimmer war es etwas ruhiger.

„Was ist denn hier los?"

Hannah setzte sich auf einen Stuhl, rückte ihre Haare zurecht und schaute überrascht. Astrid Franke ließ sich, schwer seufzend, auf den Stuhl neben ihr fallen.

„Das geht seit heute Morgen so. Als Connie und ich gegen neun Uhr ankamen, standen schon etliche Gäste hier. Einige, hauptsächlich Familien, sind abgereist. Aber es kommen extrem viele nach. Wenn das so weitergeht, habe ich bald keine Unterkünfte mehr frei. Bei den anderen Agenturen sieht es nicht anders aus."

Meinders wurde ungeduldig. Das konnte ja nicht der Grund sein, weswegen sie hier waren, oder? Er durchsuchte seine Taschen nach Zigaretten und wurde fündig, doch

Hannah schüttelte den Kopf und wies mit einem Blick auf ein Rauchverbotsschild an der Wand. Er folgte ihrem Hinweis und seufzte schwer. Ihm blieb auch nichts erspart.

„Warum wolltest du uns sprechen, Astrid?" fragte Hannah.

„Na ja, wir haben noch einmal darüber nachgedacht, ob wir nicht irgendetwas übersehen haben. Es geht noch einmal um den Anreisetag der Benders und den Streit zwischen ihnen und Renate. Sie ist ziemlich heftig mit Herrn Bender aneinandergeraten, dass wir die beiden trennen mussten."

„Wie heißt die Reinigungskraft?"

„Berger, Renate Berger", flüsterte Astrid Franke. Sie wollte nicht, dass ihre Kollegin Ärger bekam, aber der Streit war ganz schön heftig gewesen.

Meinders dachte angestrengt nach. Woher kannte er den Namen? Plötzlich fiel es ihm wieder ein. Der ältere Mann, der ihn beim Frühstück gestört hatte, hieß Berger.

„Hat sie etwas mit einem Friedhelm Berger zu tun?"

Eigentlich brauchte er die Frage nicht zu stellen. Er wusste die Antwort schon. Das konnte kein Zufall sein.

„Ja, sie ist seine Frau."

Das war die Bestätigung, also gab es eine winzige Spur.

„Was ist passiert?"

Meinders setzte sich ebenfalls und zückte seinen PDA, um sich Notizen zu machen.

Astrid Franke dachte kurz nach. „So genau wissen wir das auch nicht. Frau Bender rief uns ganz aufgeregt an, dass eine unserer Mitarbeiterinnen ihren Mann attackierte. Wir konnten im Hintergrund das Geschrei hören. Ich bin dann sofort zur Wohnung gefahren und war, ehrlich gesagt, sehr überrascht zu sehen, wie Renate dem Gast den Wischmopp um die Ohren schlug. Dabei schrie sie ihn an."

Sie unterbrach ihre Erzählung, lächelte kurz und fuhr fort:

„Ich konnte sie nur mit Mühe davon abhalten, ihm den Schädel einzuschlagen ...", sie hielt inne, presste die Hand vor ihren Mund und schaute von einem zum anderen. „Ich kann mir nicht vorstellen, dass sie den Bender umgebracht hat. Sie ist einfach nicht der Typ dafür!"

Astrid Franke schüttelte den Kopf. Sie wollte es auch jetzt noch nicht wahrhaben.

Meinders stoppte seine Schreiberei und blickte hoch. „Aber sie war nur mit Mühe davon abzubringen, ihm den Schädel einzuschlagen ...", wiederholte er. „Vielleicht war ihre Wut nicht zu zügeln, und sie hat ihn später abgepasst? Das werden wir noch klären."

Astrid Franke machte ein unglückliches Gesicht.

Hannah seufzte und drückte sie an sich.

„Danke für deine Hilfe. Es wird sich bestimmt alles aufklären."

9

Helga Siebert lief im Haus auf und ab. Immer wieder ging ihr Blick zur Uhr. Es war bereits halb eins durch, und ihr Mann war nicht da. Man konnte von ihm sagen, was man wollte, aber unpünktlich war er nie. Sie setzte ihren Weg fort, bis sie vom Klingeln des Telefons aufgeschreckt wurde. Voller Erwartung riss sie den Hörer hoch. „Jürgen?"

Am anderen Ende meldete sich eine weibliche Stimme.

„Hallo Frau Siebert. Feld von der Kurverwaltung nochmal. Entschuldigen Sie bitte, dass ich Sie wieder belästigen muss, aber der Kurdirektor wartet immer noch auf Ihren Mann. Ist er inzwischen wieder aufgetaucht?"

Frau Feld wartete geduldig auf eine Antwort. Als keine kam, fragte sie nach.

„Frau Siebert, ist alles in Ordnung? Kann ich Ihnen irgendwie helfen?"

Sie hörte, wie am anderen Ende tief eingeatmet wurde.

„Nein ... nein, alles ist gut. Leider ist mein Mann noch nicht wieder zurück. Ich werde ihm ausrichten, dass Sie angerufen haben."

Bevor Frau Feld noch etwas erwidern konnte, hatte Helga Siebert aufgelegt.

Als Dieter Bothmann das Vorzimmer betrat, fand er seine Sekretärin sehr nachdenklich an ihrem Schreibtisch vor.

„Was ist denn nun? Haben Sie ihn erreicht?"

Sie hatte das Eintreten ihres Chefs nicht bemerkt. Irritiert schaute sie auf. „Was haben Sie gesagt?"

„Ich habe gefragt, ob Sie Siebert endlich erreicht haben?"

In seiner Stimme schwang Ungeduld mit.

„Nein, leider nicht. Seine Frau weiß auch nicht mehr weiter. Sie scheint ziemlich beunruhigt zu sein."

Bothmann hatte den letzten Satz gar nicht mehr gehört und ging leise fluchend in sein Büro. Gerade als er die Tür schließen wollte, fiel ihm etwas ein. An seine Sekretärin gewandt, fragte er: „Haben Sie Kommissarin Claasen eigentlich schon angerufen?"

Frau Feld sah hoch, und eine leichte Röte bedeckte ihr Gesicht. „Ja, aber sie ist im Moment nicht zu sprechen. Ich habe eine Nachricht hinterlassen, dass sie sich bitte melden möchte."

„Hhmmm", war alles, was ihr Chef von sich gab. Dann kam ihm eine Idee. Er schloss seine Tür, ging Richtung Ausgang und rief ihr zu: „Sollte mich jemand sprechen wollen, ich bin über Handy erreichbar."

Hannah konnte nicht glauben, dass Renate Berger eine Mörderin sein sollte. Die Frau, die jetzt vor ihr stand, machte nicht den Eindruck, so kaltblütig zu sein. Abgesehen davon war sie rein körperlich gar nicht in der Lage, „den Bender" so zuzurichten. Vor allem konnte sie nicht verstehen, warum dann auch „der Vogler" dran glauben musste? Wo war die Verbindung?

„Setzen Sie sich bitte. Möchten Sie etwas trinken?"

Hannah nahm ihr gegenüber Platz. Meinders hielt sich im Hintergrund. Sie hatten sich darauf geeinigt, dass sie die Vernehmung durchführen sollte. Renate Berger schien etwas desorientiert zu sein. Ängstlich blickte sie sich um. Er beobachtete sie genau, nicht die kleinste Bewegung sollte ihm entgehen. Eigentlich ist es ein Witz, dachte er, wie soll eine so kleine und zierliche Frau einen Mann wie Bender töten und dann auch noch transportieren? Sehr unwahrscheinlich. Aber er hatte in seiner langjährigen Praxis schon einiges erlebt, zum Beispiel, dass man nie vor Überraschungen gefeit war.

Renate Berger saß nur halb auf dem Stuhl, den Rücken schnurgerade, und hielt ihre Handtasche an sich gepresst, dabei murmelte sie leise vor sich hin. Hannah warf einen kurzen Blick auf den Kommissar und schaltete das Aufnahmegerät ein.

„So, Frau Berger. Dann beginnen wir mit Ihrer Vernehmung zum Mordfall Heribert Bender. Man hat uns unterrichtet, dass Sie und das Opfer am Anreisetag einen heftigen Streit hatten. Können Sie uns sagen, worum es in diesem Streit ging?"

Hannah wartete auf eine Antwort, doch Renate Berger schwieg.

Gut, dachte Hannah, dann versuch ich es anders.

„Frau Berger, Sie wissen, dass ein Toter im Strandkorb gefunden wurde. Uns interessiert nun, in welcher Verbindung Sie zu dem Opfer standen."

Hannah hielt inne, doch ihre Tatverdächtige schwieg weiter. Sie versuchte es noch ein paarmal, aber ohne Erfolg. Dann warf sie Meinders einen fragenden Blick zu. Er nickte nur kurz, stand auf und verließ den Raum. Er hielt Ausschau nach einer Beamtin, die sich um Frau Berger kümmern sollte. Dabei nutzte er die Gelegenheit, sich einen Glimmstängel anzuzünden, als er hinter sich eine bekannte Stimme vernahm.

„Ah, Kommissar Meinders. Wie schön, Sie zu sehen. Ich bin auf der Suche nach Ihrer netten Kollegin, Frau Claasen. Können Sie mir sagen, wo ich sie finden kann?"

Na, der Bothmann hatte ihm gerade noch gefehlt. Er konnte diesen Einfallspinsel einfach nicht ausstehen. Und was wollte er von seiner Kollegin?

„Sie ist im Moment nicht abkömmlich. Aber ich werde ihr Bescheid geben, dass Sie hier waren."

Er zwang sich zu einem Lächeln.

Die Antwort passte dem Kurdirektor natürlich nicht, und er wollte gerade protestieren, als sich die Tür des Vernehmungszimmers öffnete und Hannah herauskam.

Wie der Blitz war er neben ihr und ergriff ihre Hand und hauchte einen Kuss auf ihren Handrücken

„Ach, da sind Sie. Ich warte schon sehnsüchtig."

Hannah schaute irritiert. Was wollte der Kurdirektor von ihr? Sie warf Meinders einen fragenden Blick zu, doch der zuckte mit den Schultern.

Bothmann schob sie an Meinders vorbei und redete auf sie ein: „Meine verehrte Frau Kommissarin. Ich versuche schon den ganzen Vormittag, Sie zu erreichen, aber das gestaltet sich schwieriger als gedacht. Also habe ich mich auf den Weg gemacht, um Sie zu treffen. Ich würde gern mit

Ihnen über den zweiten Mord sprechen. Ich war außer mir, als ich den Zeitungsartikel gelesen habe. Wie wäre es mit einem Kaffee?"

Meinders Augenbrauen schlugen fast an seinem Haaransatz an. Wie war der denn drauf? Doch er konnte keinen weiteren Gedanken an die beiden verschwenden, denn Vesper kam herein und winkte mit einer Akte. Der Obduktionsbericht. Jetzt würde sich entscheiden, wie sie den Typen vom Holsteiner Tagesboten anpacken konnten. Er rieb sich innerlich die Hände. Vespers Blick ging in Richtung seiner Kollegin. Meinders fragte sich, wie sie sich entscheiden würde. Ohne mit der Wimper zu zucken, ließ sie den völlig überraschten Kurdirektor stehen.

„Entschuldigen Sie bitte, aber da muss ich dabei sein. Wir können uns danach gerne unterhalten. Das verstehen Sie doch, oder?"

Mit einem gekonnten weichen Lächeln folgte sie ihren Kollegen ins Büro.

„Was wollte der denn?" fragte Vesper.

„Er hat wohl ein Auge auf unsere neue Kollegin geworfen. Den sollten Sie sich warmhalten, man kann ja nie wissen, wofür man ihn brauchen kann", sagte Meinders.

Er sah, wie Hannah zusammenzuckte. Warum ist sie nur so empfindlich, dachte er. Hmm, Frauen eben.

„Woher haben Sie den Befund so schnell bekommen?"

Hannah versuchte sich nichts anmerken zu lassen. Sie musste sich eingestehen, dass die Aussage von Meinders sie getroffen hatte. Nimm dich zusammen. Nicht auszudenken, wenn ihre Kollegen glauben würden, sie wäre eine Mimose.

Sie überlegte, ob sie ihrem Chef einen Spruch reindrücken sollte. Doch sie ließ es und konzentrierte sich auf den Fall.

Vesper hatte immer noch ein fettes Grinsen im Gesicht.

„Ich kenne die Assistentin von Dr. Behrends. Sie hat mir den Befund rübergefaxt. Dann wollen wir doch mal sehen, was der Doc gefunden hat." Er überflog den Bericht, und sein Grinsen wurde noch breiter. „Na also ..." Mit einer triumphierenden Handbewegung reichte er die Akte weiter.

Meinders griff danach und überflog sie ebenfalls. Auch bei ihm machte sich ein Grinsen breit. „So, jetzt habe ich ihn. Da muss er sich aber was einfallen lassen, um da wieder rauszukommen."

Hannah war sehr verwundert über die Reaktion ihrer Kollegen. „Darf ich erfahren, was so amüsant ist?"

Vesper und Meinders schwiegen. Hannah begann zu begreifen. „Oh, ich verstehe. Ihr meint Clausen, unseren rasenden Superreporter."

Meinders rieb sich die Hände und begann langsam seine Jacke auszuziehen.

„Na, dann mal her mit ihm!"

Vesper verschwand, um Henning Clausen zur Vernehmung zu holen.

„Glauben Sie wirklich, dass er Ihnen Antworten auf Ihre Fragen geben wird? Sie wissen, dass er seine Quellen nicht preisgeben muss. Und ... ich glaube nicht, dass Sie ihn einschüchtern können."

Hannah wartete auf eine Antwort. Meinders dachte nach, atmete tief ein und zog an seiner Krawatte.

„Sie mögen recht haben, aber ein Versuch ist es allemal wert."

Er wühlte in seiner Jackentasche, zog ein Päckchen Zigaretten hervor und räusperte sich.

„Ich möchte Sie bitten, sich auf dem Hof von Bergers umzusehen. Ich bin zwar der Meinung, dass wir bei Renate Berger auf der völlig falschen Fährte sind, aber es schadet auch nicht, einen Blick auf ihr Grundstück zu werfen. Fragen Sie Friedhelm Berger auch noch mal nach dem Schlüssel zum Deich. Nehmen Sie sich bitte zwei Beamte mit. Ich möchte nicht, dass Sie das alleine machen." Als er geendet hatte, blickte er sie an und fuhr fort: „Sie machen das schon. Davon bin ich überzeugt."

Hannah konnte es nicht fassen. Er schickte sie weg. Jetzt?

Sie wäre gerne bei der Vernehmung dabeigewesen, aber Meinders' Gesichtsausdruck ließ keinen Widerspruch zu.

Sie versuchte ihre Fassung zu wahren. „Aber natürlich."

Sie griff nach ihrer Tasche und verließ den Raum. Am liebsten hätte sie die Tür zugeworfen, aber das kam ihr doch ein wenig kindisch vor.

Helga Siebert hatte keine Ruhe mehr. Es musste etwas passiert sein, davon war sie überzeugt. Die Polizei wollte sie noch nicht einschalten, also machte sie sich mit ihrem Fahrrad auf die Suche. Sie wusste ja, welche Strecken ihr Mann immer fuhr.

Die Sonne stand am wolkenlosen Himmel, und durch die Hitze flimmerte die Luft. Es tat gut, ein wenig Fahrtwind zu haben. Sie hatte angehalten, um einige Passanten und Anwohner zu fragen, ob sie ihren Mann gesehen hatten. Doch sie bekam immer dieselbe Antwort. Nein. Sie überlegte, welchen Weg sie noch nicht gefahren war, als ein Polizeiauto an ihr vorbeifuhr. Da das Auto sehr langsam war, konnte sie einen Blick in das Innere des Wagens werfen und erschrak.

„Das kann doch nicht sein", flüsterte sie leise.

Wie in Trance stieg sie auf ihr Fahrrad und fuhr nach Hause. Langsam begann sie zu verstehen, warum ihr Mann sich so merkwürdig verhalten hatte. Sie hatte es gewusst. Es war noch nicht vorbei. Es würde nie vorbei sein.

Sie konnten der Vergangenheit nicht entkommen.

Hannah genoss trotz allem die Fahrt. Sie war immer noch wütend, aber der Weg durch ihre alte Heimat versöhnte sie schnell. Außerdem nahm sie den Auftrag von Meinders ernst. Sie sollte alleine die Durchsuchung leiten. Das war doch was.

Und doch ... sie wurde das Gefühl nicht los, dass ihr Chef sie loswerden wollte. Sie wusste nur nicht, warum.

„Na, Hannah? Hat sich viel verändert, seitdem du das letzte Mal hier gewesen bist, was?"

Barne Hinrichs war schon fast 25 Jahre hier im Einsatz und kannte jeden in Büsum. Auch viele Kurgäste hatte er im Laufe der Zeit kennengelernt. Aber so etwas war ihm in seiner langen Dienstzeit noch nicht untergekommen.

„Ja, die Zeit verändert viele Dinge. Nicht nur Städte", murmelte sie vor sich hin.

Es ging vorbei an dem großen Campingplatz, an dem neuen Großparkplatz, und als sie die Umgehungsstraße Richtung Schnappen fuhren, konnte sie einen Blick auf die Neubauten werfen. Büsum wuchs unaufhaltsam. Langsam fuhr Hinrichs durch den Kreisverkehr.

„Mann, was ist hier bloß los? So was in unserer kleinen Stadt."

Hannah fühlte sich angesprochen und schaute ihren Kollegen von der Seite an.

„Was meinst du damit, Barne?"

Er überlegte kurz, kratzte sich am Kinn und begann zu erzählen: „Du weißt ja selbst, wie es hier ist. In der Saison, meine ich. Viele Touristen aus den verschiedensten Bundesländern, mal haste auch den einen und anderen dazwischen."

Hannah erinnerte sich noch sehr genau, was es hieß, in der Touristik zu arbeiten. Das war nicht leicht.

„Mal 'n Franzosen oder einen Holländer. Engländer oder Amerikaner. Aber was jetzt hier abgeht, ist nicht mehr normal. Was jetzt hier abgeht, ist mir unheimlich. Die Familien reisen ab, aber Büsum ist voll, voller als sonst. Nirgendwo ist mehr ein Bett zu bekommen. Und eins kannst du mir glauben, die Preise sind gepfeffert."

Er hatte recht. Sie hatte bei Astrid die Auswirkungen schon zu spüren bekommen.

„Das ist dann wohl die Sensationslust der Menschen. Wahrscheinlich schließen sie schon Wetten ab, wer der Mörder ist."

Hannah fühlte einen Schauer, als ihr Kollege fortfuhr: „Braucht ein Ort Gäste, dann bring jemanden um, und du bekommst sie. Was für eine Welt."

Bevor Hannah etwas darauf erwidern konnte, fuhren sie auf den Hof von Friedhelm und Renate Berger.

„Na, dann wollen wir uns mal umsehen."

Hannah stieg aus dem Wagen aus und spürte sofort die brütende Hitze. Es war schon schön, eine Klimaanlage im Wagen zu haben, dachte sie gerade, als ein Mann die Haustür öffnete.

„Das ist Friedhelm", flüsterte Barne.

Hannah wandte ihre Aufmerksamkeit dem älteren Herrn zu. Er schien ziemlich verängstigt zu sein.

„Haben Sie meine Frau mitgebracht?", fragte er leise.

„Nein, sie muss noch eine Weile auf der Polizeistation bleiben."

„Herr Berger, wir müssen uns bei Ihnen ein wenig umschauen. Hier ist der Durchsuchungsbefehl, der uns dazu berechtigt." Er tat ihr fast ein bisschen leid. „Okay, Barne. Wir fangen mit dem Wohnhaus an und gehen dann in die Stallungen." Dann wandte sie sich an den anderen Kollegen. „Martin, haben wir Handschuhe im Wagen?"

Der Angesprochene war Martin Engel, ein Junge frisch von der Polizeischule.

„Na klar doch. Ich hol welche."

Friedhelm Berger stand immer noch in der Tür. Hannah trat auf ihn zu und streckte ihm die Hand entgegen.

„Mein Name ist Claasen, Hannah Claasen. Ich bin Kommissarin und muss mich bei Ihnen ein wenig umschauen." Der Mann zuckte regelrecht zusammen. Sie konnte sehen, dass ihr Name etwas in ihm auslöste. „Kennen Sie mich noch? Ich bin mit Ihrem Sohn zur Schule gegangen. Was macht Rolf denn so?"

Ihre Gedanken gingen zurück in die Schulzeit. Rolf Berger war wohl der aufmüpfigste und frechste Junge, den es gab. Sie gingen zusammen in die Grundschule. Schon da konnte man erkennen, dass er von Regeln und Gesetzen nicht viel hielt. Und mit der Zeit wurde das noch deutlicher. Als Hannah dann zum Gymnasium wechselte, trennten sich ihre Wege. Sie fragte sich, ob Rolf es wohl geschafft hatte, ein wohlhabender Mann zu werden.

„Claasen? Sind Sie Arndt Claasens Tochter?", fragte er mit rauer Stimme.

Hannah konnte es fast körperlich fühlen, dass sie nicht willkommen war. Er hatte Angst. Ist doch komisch, dachte sie, einige reagieren sehr merkwürdig auf meine Anwesenheit.

„Ja, die bin ich. Freut mich, Sie mal wiederzusehen. Schade nur, dass es unter so unglücklichen Umständen sein muss."

Berger schaute sie eine Weile lang an und nickte.

„Mir wäre es lieber gewesen, wenn ein anderer Beamter hergekommen wäre", flüsterte er.

Barne Hinrichs stand neben Berger und wunderte sich über die Reaktion. Nachdenklich schaute er auf die junge Kommissarin. Irgendwie scheint sie ein Geheimnis zu umgeben, dachte er. Wahrscheinlich ist das so, weil der Tod ihres Vaters immer noch nicht eindeutig geklärt ist. Sie betraten hinter Berger den Flur. Hier war es eindeutig kühler.

Hannah hatte das Gefühl, in die Vergangenheit einzutauchen. Der weißgetünchte Flur, der riesige alte Bauernschrank, das herrliche Bild an der Wand und die Fliegenfänger, die von der Decke hingen. Der alte Steinfußboden hatte ein paar Risse mehr, aber sonst war alles unverändert. Doch Hannah hatte eine Aufgabe zu erfüllen. Sie konnte sich Sentimentalität nicht leisten. Also begannen die drei mit ihrer Durchsuchung.

Das Bauernhaus war groß, und sie würden viel Zeit benötigen, um es gründlich zu durchsuchen.

10

Vesper hatte Henning Clausen ins Verhörzimmer gebracht. Er stellte verwundert fest, dass seine Kollegin nicht mehr da war. Er wusste doch, wie gern sie beim Verhör dabei sein wollte. Fragend schaute er auf seinen Kommissar.

„Wo ist Hannah abgeblieben?"

Er setzte Clausen auf einen Stuhl und nahm ihm die Handschellen ab. Dieser rieb sich die Handgelenke und schaute ziemlich düster drein.

„Ich habe sie zu Berger geschickt, damit sie die Durchsuchung des Hauses vornimmt", antwortete Meinders.

„Oh!" Vesper war so perplex, dass er nichts mehr sagen konnte.

Meinders ging langsam um den Tisch herum, seinen Gegner immer im Auge, und pfiff leise vor sich hin.

Henning Clausen war von diesem aufgeblasenen Kommissar schon einiges gewohnt, aber dass er ihn eingesperrt hatte, schmerzte. Irgendwie kratzte es an seinem Ego.

„Meinders, was soll das? Sie wissen doch, dass ich meine Quellen nicht preisgeben muss. Warum beenden wir diese peinliche Situation nicht einfach?"

Er schaute von Vesper zu Meinders und zurück. Doch eine Reaktion blieb aus. Die beiden standen nur da, schauten ihn an und grinsten. Langsam wurde Clausen nervös. Warum sagte keiner was? Er fuhr sich mit den Händen durchs Haar und fragte sich, warum die beiden Kommissare so selbstsicher dreinschauten.

„Da Sie nichts gegen mich vorbringen können, werde ich jetzt gehen."

Er stand auf und wollte den Raum verlassen, als Vesper sich ihm in den Weg stellte. Meinders ging weiter um den Tisch herum, während er sprach.

„Hinsetzen, wir sind noch lange nicht fertig. Ich habe einige Fragen und erwarte Antworten darauf."

Henning Clausen gewann wieder Oberwasser. Er war sich nicht bewusst, gegen ein Gesetz verstoßen zu haben, jedenfalls nicht in der letzten Zeit.

„Sie wissen, dass ich als Reporter an Wahrheiten interessiert bin. Alles, was ich über die Morde recherchiert habe, ist hieb- und stichfest."

Er versuchte den Kommissaren den Wind aus den Segeln zu nehmen.

„Hinsetzen!"

Meinders' gesamte Körperhaltung hatte sich verändert. Die Schärfe in seiner Stimme ließ Clausen zusammenzucken. Langsam setzte er sich wieder hin. Sein Blick folgte den Schritten des Kommissars.

„Was wollen Sie von mir? Ich bin ein unbescholtener Bürger und habe nur versucht, die wahren Hintergründe der zwei Morde zu klären. Ich glaube nicht …"

„Unbescholtener Bürger? Sie? Dass ich nicht lache. Sie wissen nicht einmal, wie man ‚Wahrheit' schreibt. Sie gehen für eine gute Story über Leichen. Sie machen Vermutungen zu Wahrheiten und scheren sich einen Dreck um die Opfer. Hauptsache, Ihre Auflage stimmt."

Meinders musste sich zügeln. Er spürte, wie die Wut überhandnehmen wollte. Er setzte seinen Weg um den Tisch fort und dachte nach. Es war einfach zu wichtig. Er durfte sich nicht durch persönliche Gefühle aus dem Takt bringen lassen.

Vesper, der immer noch wie ein Bollwerk vor der Tür stand, reichte ihm den Obduktionsbericht. Meinders öffnete langsam die Akte und blätterte nachdenklich die Seiten um. Wie konnte er diesen Schmierlappen dazu bringen, ihm Antworten auf seine Fragen zu geben?

„Clausen, Sie wissen, was unterlassene Hilfeleistung bedeutet oder Beihilfe?"

In Clausens Kopf begann es zu rattern. Meinders konnte sehen, wie er zusehends unter Druck geriet. Er wusste, dass es eine Gratwanderung sein würde. Ein wenig zu viel Druck, und er würde alles verderben.

„§323c StGB – Wer die erforderliche und zumutbare Hilfe unterlässt, kann mit Geldstrafe oder Freiheitsstrafe bis zu einem Jahr bestraft werden."

Vesper las in Clausens Gesicht schiere Panik. Sein Chef begann die Daumenschrauben anzusetzen. Zum Glück stand er hinter ihm, so konnte Clausen sein fettes Grinsen nicht sehen. Doch Meinders ließ nicht locker. Er drehte die Schraube noch ein wenig fester.

„§§38 ff StGB Beihilfe zum Mord. Festsetzung des Strafmaßes ...", er ließ die Worte im Raum schweben, bevor er weitersprach, „... bis zu 15 Jahre Gefängnis."

Clausen begann zu schwitzen. Bevor er seine Gedanken ordnen konnte, schoss Meinders nach vorne. Er ergriff die Hände von Clausen und drückte sie auf den Tisch und starrte ihm in die Augen.

„Ich will Antworten, und ich will sie jetzt!"

Clausen versuchte seine Hände zurückzuziehen. Aber es ging nicht. Der Griff vom Kommissar lockerte sich nicht.

„Was! ... Was wollen Sie denn wissen, verdammt?"
Meinders rückte etwas ab.

„Aber man flucht doch nicht!", sagte er und schnalzte mit der Zunge. „Woher wussten Sie von dem zweiten Mord?"

Meinders hatte die Frage so gestellt, als hätte er nach der Uhrzeit gefragt. Clausen dachte kurz nach und erzählte ihnen, was sie wissen wollten.

„Ich habe eine Nachricht in die Redaktion bekommen ... schriftlich ... ohne Absender, natürlich."

„Natürlich!" Meinders konnte sich den Einwand nicht verkneifen.

„Hey, das stimmt. Ich habe die Information dann in einem Artikel verarbeitet und in Druck gegeben. Also trifft mich keine Schuld."

Vesper war erstaunt. Der glaubte das wirklich.

„Warum haben Sie nicht die Polizei benachrichtigt, nachdem Sie den Artikel geschrieben hatten?"

„Wozu denn? Meine Arbeit war getan. Mehr konnte ich wirklich nicht machen."

Meinders und Vesper schauten sich an. Ungläubigkeit stand ihnen ins Gesicht geschrieben. Der meinte wirklich, was er sagte. Er war sich keiner Schuld bewusst. Meinders musste ein paarmal schlucken, bevor er weitersprach.

„Das ist ein Obduktionsbericht. Anhand dieses Berichtes können wir sagen, ob Sie wegen unterlassener Hilfeleistung oder Beihilfe zum Mord angeklagt werden."

Clausen wurde kreidebleich. Wieso Mord? Was hatte er mit Mord zu tun? Er hatte Schwierigkeiten, einen klaren Gedanken zu fassen.

„Ich habe doch niemanden ermordet. Warum sollte ich angeklagt werden? Das ist doch absurd."

Er versuchte zu lächeln, was aber fehlschlug.

„Auch für den Besitz von Informationen über einen Mord kann man angeklagt werden. Es kommt nur darauf an, was der Obduktionsbericht über die Todeszeit aussagt."

Auch Vesper begann an den Daumenschrauben zu drehen. Mit Erfolg, wie Meinders sehen konnte.

„Aber, aber ... ich ...", stotterte Clausen.

Vesper legte sofort nach. „Unser Gerichtsmediziner hat herausgefunden, dass unser Opfer Nummer zwei zwischen 01.00 Uhr und 01.30 Uhr, plus minus ein paar Minuten, getötet wurde. Sie wissen, was das bedeutet?"

Clausen war nicht mehr fähig, ein Wort zu sprechen. Er schüttelte nur seinen Kopf.

„Das bedeutet, dass Sie zur Beihilfe zum Mord angeklagt werden."

Das saß. Clausens Gesichtsfarbe wechselte von Violett über Dunkelrot bis Leichenblass.

„Aber wieso denn ich?", stammelte er nur noch.

„Weil, mein lieber Herr Clausen, bei Ihnen um Mitternacht Redaktionsschluss ist. Somit hätten Sie die Polizei noch benachrichtigen können, um den Mord zu verhindern. Was Sie aber nicht für nötig hielten." Meinders konnte ein triumphierendes Lächeln nicht unterdrücken. An Vesper gewandt, fuhr er fort: „Setzen Sie ihn fest. Benachrichtigen Sie die Staatsanwaltschaft und ... schaffen Sie mir diesen Typen aus den Augen, bevor ich mich vergesse."

Vesper ließ sich das nicht zweimal sagen. Mit einem süffisanten Lächeln ließ er die Handschellen klicken und brachte den wimmernden Henning Clausen zurück in die Zelle.

Kurze Zeit später kam er zurück.

„Sie wissen, dass wir Clausen nicht wegen Beihilfe oder Unterlassener Hilfeleistung drankriegen können."

Meinders blickte seinen Kollegen lange an, und ein breites Grinsen legte sich über sein Gesicht.

„Das weiß er aber nicht."

Hannah hatte kein Glück. Es gab nichts in diesem Haus, was auf einen Mord hinwies. Weder Blutflecken noch irgendetwas anderes. Dann fiel ihr ein, was Meinders gesagt hatte: Fragen Sie nach dem Schlüssel!

„Herr Berger, Hauptkommissar Meinders hat mich gebeten, Sie noch mal nach dem Schlüssel zu fragen. Ist er wieder aufgetaucht?"

Berger dachte kurz nach und schüttelte den Kopf, dann ging er zurück ins Haus und machte die Tür ohne ein weiteres Wort hinter sich zu.

„Na, das ist ja ein merkwürdiges Verhalten."

Martin Engel hatte mit Feuereifer das Haus durchsucht und wartete auf neue Instruktionen. Er hatte sich an den Peterwagen gelehnt und reckte sein Gesicht in die Sonne.

„Wisst ihr was? Ich habe Hunger. Wie wäre es mit einem leckeren Essen im Büsumer Pesel?"

Barne blickte seine Kollegen fragend an.

Der Kollege Engels wollte sich lieber mit seiner Freundin treffen.

„Sagst du bitte auf dem Revier Bescheid, dass wir essen gehen? Nicht dass man uns vermisst." Für einen kurzen Moment flammte die Wut auf Hannah wieder auf. Sie verstand immer noch nicht, warum sie an der Vernehmung nicht teilnehmen durfte. Barne fuhr los, und ihr knurrender Magen holte sie aus ihren Gedanken.

„Mhhh, jetzt ein Stück selbstgemachtes Sauerfleisch mit Bratkartoffeln und leckerer Remoulade. Lange nicht gegessen."

Sie seufzte tief, als sie über das Essen nachdachte.

„Gab es da, wo du warst, nichts Ordentliches?" Barne schüttelte den Kopf. Er konnte sich nicht vorstellen, woanders zu sein.

„Doch, schon, aber du weißt doch: Am besten schmeckt es zu Hause."

Er erreichte den Parkplatz vor dem Schwimmbad und stellte den Motor ab. Hannah stieg aus und schaute auf den Haupteingang von der Kurverwaltung. Sie hörte nicht, was Barne Hinrichs beim Aussteigen murmelte: „War das überhaupt je ein Zuhause für dich?"

Gemeinsam gingen sie die Treppen hinauf ins Restaurant.

Hannah war immer begeistert gewesen, wenn sie in De gode Stuv essen war. Die Aussicht auf die Nordsee war einmalig. Riesige Panoramafenster boten einen tollen Blick. Es war ziemlich voll, aber sie fanden in einer ruhigeren Ecke noch einen kleinen Tisch.

Hinrichs war neugierig. „Wie läuft die Zusammenarbeit mit dem Hauptkommissar?"

Was sollte sie darauf antworten? Dass er ziemlich schwierig war und sie am Gängelband hatte?

„Er ist ein sehr erfahrener Polizist. Ich kann bestimmt viel bei ihm lernen."

Damit wurde sie ihm gerecht. Doch Barne ließ nicht locker.

„Natürlich, die sichere Standardantwort. Sei ehrlich, wie findest du ihn wirklich?"

Hannah kannte Barne Hinrichs schon ihr ganzes Leben. Früher hatte sie ihn mit Onkel Barne angeredet. Warum sollte sie ihm keine ehrliche Antwort geben?

„Er ist bestimmt ein guter Polizist, aber manchmal ein wenig merkwürdig. Ein Beispiel. Wir wollten heute den Reporter vom Holsteiner Tagesboten, Henning Clausen, vernehmen, und er schickt mich zu Berger auf den Hof. Andererseits lässt er mich wieder vieles ausprobieren. Ich versteh das nicht."

Hinrichs lauschte ihren Ausführungen, doch als er den Namen Henning Clausen vernahm, stutzte er.

„Hast du gerade Henning Clausen gesagt?"

„Ja, wieso? Das ist der Reporter vom Holsteiner Tagesboten. Ist etwas nicht in Ordnung?"

Sie sah, wie er etwas blasser wurde.

„Das ist doch der Reporter, der vor zehn Jahren den Artikel über deinen Vater ..."

Seine Antwort wurde durch lautes Geschrei unterbrochen. Eine Frau mittleren Alters rief durch den ganzen Raum.

„Hannah, oh Hannah, du bist wieder da!"

Hannah wollte eigentlich, dass Barne weiterredete, was aber durch das Gebrüll dieser Frau nicht möglich war. Sie nahm sich vor, ihn später noch einmal zu fragen, was ihr Vater damit zu tun hatte. Die Frau war ziemlich klein und ziemlich schrill angezogen. Sie trug einen mit vielen kleinen Blumen besetzen Rock, dazu eine Bluse im Retrostyle der 70er Jahre. Ihre Kopfbedeckung sollte wohl einen Hut darstellen. Ein violettes Etwas, das mehr an eine fliegende Untertasse erinnerte.

„Hannah, bist du das wirklich?"

Sie warf sich Hannah an den Hals und drückte sie so fest, dass dieser die Luft ausging.

„Du erkennst mich wohl nicht mehr? Ich bin's doch. Hetty, Hetty Lohmann. Tantchen Lohmann. Erinnerst du dich denn nicht?"

Hannah kramte in ihrer Erinnerung. Oh natürlich, Tantchen Lohmann. Jetzt wusste sie es wieder. Sie war eine Freundin ihrer Mutter gewesen und hatte sie nach deren Tod unter ihre Fittiche genommen.

„Aber natürlich habe ich dich nicht vergessen."

Während Tantchen sie weiter drückte, musste Barne sich ein Lachen verkneifen.

„Da hat einer aber gerade noch die Kurve gekriegt."

Hannah zeigte ihm die Zähne und versuchte sich aus der kräftigen Umarmung zu befreien.

„Ich bin mit meinem Kaffeekränzchen hier", rief Tantchen und winkte zu ihrem Tisch.

„Das ist toll, aber ich bin im Dienst. Ich muss mit Barne was besprechen, und dabei wollten wir einen Happen essen."

Sie räusperte sich und ignorierte Barnes freches Grinsen. Am liebsten hätte sie ihm was an den Kopf geschmissen.

„Weißt du was, Tantchen, ich besuche dich in den nächsten Tagen mal, dann können wir über alles ausgiebig klönen."

Vesper hatte, mit tiefster Freude, Henning Clausen in seine Zelle zurückgebracht. Ob der Staatsanwalt wirklich Anklage erheben würde, stand in den Sternen. Aber sie hatten ihn erst einmal aus dem Weg. Er wunderte sich immer noch über das Verhalten von Meinders. Warum hatte er Hannah vor der Vernehmung weggeschickt? Das ergab keinen Sinn. Seine Überlegungen wurden durch die Stimme seines Chefs unterbrochen.

„Vesper, hat die Durchsuchung von Bergers Hof etwas ergeben?"

„Das weiß ich nicht, Chef."

Meinders war über die Antwort nicht erfreut. Wo war die Claasen schon wieder?

„Wo ist Kommissarin Claasen?"

Er schaute ziemlich brummig in die Runde, als sich ein Uniformierter zu Wort meldete.

„Wir haben die Durchsuchung ohne Ergebnis beendet. Hinrichs und Kommissarin Claasen haben sich zum Essen abgemeldet. Sie müssen eigentlich jeden Moment wieder hier sein."

Martin Engel stand da, als hätte er einen Stock verschluckt. Irgendwie flößte Meinders ihm einen höllischen Respekt ein.

„Hmmm, so, so ... Wenn sie wieder da ist, soll sie sofort zu mir kommen."

Um ein Haar hätte Engel die Hacken zusammengeschlagen. Doch ihm entfuhr ein militärisches „Jawohl".

Meinders stutzte kurz und ging in sein Büro zurück. Vesper folgte ihm und schloss die Tür hinter sich. Er schaute ihn fragend an und wartete. Meinders wusste natürlich, worauf. Er seufzte und setzte sich auf den Schreibtisch.

„Was wissen Sie über Hannah Claasen? Ich meine, was sie vor ihrer Ausbildung bei der Polizei gemacht hat."

Vesper überlegte kurz und schüttelte den Kopf.

„Aber ich weiß es. Sie ist hier aufgewachsen. Ihre Mutter starb bei einem Verkehrsunfall, ihr Vater ist mit seinem Schiff untergegangen und in St. Peter-Ording an Land gespült worden. Das war vor zehn Jahren. Es wurden einige Artikel darüber geschrieben."

Bei dem Wort Artikel stutzte Vesper. Ungläubig schaute er Meinders an.

„Sie meinen doch nicht damit, dass unser Superreporter auch ..."

„Genau der hat vor zehn Jahren einen Artikel verfasst über den angeblichen Unglücksfall von Arndt Claasen. Ich weiß nicht, ob sie ihn kennt. Vom Namen sicherlich nicht. Aber vielleicht hat sie ihn gesehen."

Jetzt verstand Vesper, warum er Hannah weggeschickt hatte. Er wollte sie nicht mit ihrer Vergangenheit konfrontieren.

„Ich glaube, dass nicht alle Büsumer sich freuen, dass Hannah Claasen wieder da ist. Und ich würde zu gerne wissen, warum."

Eine Weile blieb es still. Meinders seufzte schwer.

„Wir werden das erst einmal für uns behalten. Irgendetwas an der ganzen Sache ist merkwürdig."

Bevor er weitersprechen konnte, klopfte es an der Tür.

„Herein!"

Hannah trat ein. Sie spürte sofort die seltsame Spannung im Raum, nichts Greifbares.

„Sie wollten mich sprechen?"

Natürlich bekam sie mit, dass Meinders und Vesper einen Blick austauschten. Irgendwie kamen ihr die beiden sonderbar vor.

„Nun, Frau Kollegin? Wie ist die Durchsuchung verlaufen?"

Hannah verdrängte dieses komische Gefühl und konzentrierte sich auf ihr Gegenüber.

„Wir haben den Hof und die Stallungen gründlich durchsucht. Haben aber keine Spuren gefunden in Bezug auf die Tötung von Bender oder Vogler." Sie überlegte kurz ... hatte sie was vergessen? „Oh, ja – der Schlüssel vom Deichaufgang hat sich nicht wieder angefunden. Der ist definitiv weg."

Meinders nickte zufrieden. Dann reichte er ihr den Obduktionsbericht von Arnold Vogler.

„Lesen Sie den Bericht, und dann sagen Sie mir, was mich stört."

Hannah war irritiert. Dann begriff sie, was er von ihr wollte. Im Bericht stand etwas, was nicht eindeutig war oder einfach nicht passte. Vesper war überrascht. Ihm war nichts aufgefallen. Sie nahm die Akte und begann zu lesen. Meinders wartete gespannt. Er fragte sich, ob sie es herauslesen würde. Sie las den Bericht sorgfältig und stutzte.

Moment, das konnte doch nicht sein, dachte sie und schaute fragend auf.

„Was bedeutet das? Wieso schreibt der Doktor Berstungsbruch am Hinterkopf post mortem? Das heißt, man hat ihm die Verletzung erst nach seinem Tod zugefügt."

Meinders nickte zufrieden.

„Das würde mich auch interessieren."

Die Kommissare hatten die ganze Zeit überlegt, wieso die Verletzung dem Vogler post mortem zugefügt wurde. Er wies sonst dieselben Merkmale auf, die sie an der ersten Leiche gefunden hatten. Nur dieser Schlag auf den Hinterkopf nach seinem Tod war ihnen ein Rätsel. Sie hatten hin und her überlegt und gingen alles noch einmal durch. Zwei Beamte wurden losgeschickt, um Friedrich Dahlmann herbeizuschaffen. Vielleicht hatte der Zeuge nicht alles gesagt.

Die Beamten fanden ihn nach kurzer Zeit und brachten ihn in die Polizeistation. Sie hatten ihn in seiner Stammkneipe aufgegabelt. Hannah sah ihn lange an, bevor sie etwas sagte.

„Moin, Fiete. Du änderst deine Gewohnheiten auch nicht, oder?"

Dann warf sie die Akte mit dem Obduktionsbericht auf den Tisch. Fiete zuckte zusammen.

„Was wollt ihr denn noch von mir? Ich hab euch doch alles gesagt, was ich weiß."

Hannah musste aufpassen, dass sie ihm nicht zu nahe kam. Seine Fahne würde ihren Geruchssinn zerstören. Und von Körperhygiene hielt er auch nicht viel. Seine Kleidung war völlig verdreckt. Flecken verschiedenster Art überzogen sie.

„Na ja, da sind wir anderer Meinung. Wir glauben, dass du uns nicht alles gesagt hast."

Ungläubig schaute er sie an.

„Du bist also gegen 3.58 Uhr auf die Polizeistation gekommen und wolltest den Fund der Leiche melden." Da Fiete nickte, redete sie weiter. „Du kamst vom Geburtstag von Tante Martha, danach bist du noch einen trinken gegangen und dann über die Sandbank nach Hause?"
Wieder ein Nicken.
„Und dir ist nichts Ungewöhnliches aufgefallen?"
„Nein."
„Tja, Fiete, und da liegt unser Problem. Der Tote im Sand hat am Hinterkopf eine Verletzung, eine Verletzung, die ihm nach seinem Tod zugefügt wurde. Wir fragen uns nun, wer ihm die zugefügt hat und warum."
Hannah erkannte, dass Fiete etwas zu verbergen hatte. Er zitterte am ganzen Körper, und seine Augen huschten hin und her.
„Weißt du, Fiete, da der Mann schon tot war, als er den Schlag bekam, ist es natürlich kein Mord. Es ist für unsere Akten, weißt du? Die müssen wir ordentlich führen. Sonst ist der Hauptkommissar ziemlich sauer." Sie deutete auf Kommissar Meinders. „Er mag keine schlampig geführten Unterlagen. Also, falls du uns noch irgendetwas sagen willst ..."
Fiete knetete seine Finger. Man konnte erkennen, dass er mit sich rang.
„Ich habe doch gedacht ... ich dachte, dass eins der Kinder ihren Ball vergessen hat. Und es war noch dunkel, als ich über die Sandbank ging. Ich wollte ihn wegschießen und hab ausgeholt und zugetreten. Ihr wisst nicht, was das für Schmerzen waren. Ich dachte, dass der Ball aus Beton ist. Erst als ich genauer hinsah, bemerkte ich, dass es sich um einen Schädel handelte."
Er schaute von einem zum anderen.
„Ich hab das nicht erzählt, weil ich nicht in den Knast wollte. Wirklich, ich wollte das nicht ..."

11

Dieter Bothmann war stinksauer. Siebert war gestern nicht mehr aufgetaucht. Also musste er die Vorbereitungen für die Eröffnungszeremonie allein bewältigen. Mit zitternden Fingern versuchte er seine Krawatte zu binden. Besorgt beobachtete Frau Feld ihren Chef. Er stand eindeutig unter sehr großem Druck. Wieder riss er sich die Krawatte vom Hals und fluchte.

„Dieses Scheißding!" Wütend warf er sie in die Ecke. „Wenn dieser Siebert mir unter die Finger kommt, bringe ich ihn eigenhändig um."

Frau Feld hob die Krawatte auf und band einen neuen Knoten. Mit einem Ruck entriss er sie ihr und legte sie um.

„Es darf nichts schiefgehen. Die Eröffnung muss reibungslos über die Bühne gehen, davon hängt viel ab."

Sie bemerkten nicht, dass jemand das Büro betreten hatte.

„Warum machst du dir Sorgen? Auch ohne diesen Siebert wird alles klappen."

Jutta Hermanns lehnte locker am Türrahmen und schaute amüsiert auf die Szene, die sich ihr bot.

„Deine Ruhe möchte ich haben. Wenn das schiefgeht, sind wir geliefert. Die Wasserskianlage ist eine Investition in die Zukunft. Wir haben alles darauf ausgelegt, Büsum zu verjüngen, und wir ..."

„Du Schisser!", unterbrach Jutta Hermanns die Ausführungen ihres Kollegen. „Wenn man Erfolg haben will, muss man dafür auch mal ein Risiko eingehen."

Frau Feld presste eine Hand auf ihren Mund, bevor ihr etwas rausrutschen konnte. Sie war geschockt über die Art und Weise, wie Jutta Hermanns mit ihren Chef sprach. Mit einem mitleidigen Blick fuhr diese fort: „Ja, Feldchen, das schockiert Sie wohl. Von Ihnen erwarte ich auch nichts anderes. Sie himmeln lieber Ihren Chef an, und er bemerkt es nicht einmal."

Langsam ließ sie ihren Blick über Frau Feld gleiten, und ein feines Lächeln legte sich um ihren Mund. „Ist ja auch kein Wunder, dass er Sie nicht bemerkt. Sie sind eine unscheinbare, kleine graue Maus."

„Jutta!"

Dieter Bothmann sah Tränen in den Augen seiner Sekretärin schimmern. Es tat ihm leid, dass er sie vor den Attacken dieser Frau nicht schützen konnte. Langsam, wie in Zeitlupe, bewegte sich Feldchen aus dem Büro. Jutta Hermanns gab der Tür einen Schubs, und sie schloss sich hinter ihr.

„Was denn? Dass sie in dich verliebt ist, weiß doch jeder. Und was sie immer anhat. Ist ja zum Fürchten. Ich habe doch recht, sie ist eine graue Maus."

„Es reicht jetzt!"

Sie widerte ihn an. Ihre Art, wie sie mit Menschen umging, missfiel ihm zutiefst.

„Mit deinem Verhalten schaffst du dir keine Freunde."

Er hatte Mühe, nicht ausfallend zu werden.

„Freunde? Wozu brauche ich Freunde? An deinen Feinden zählst du deinen Erfolg. Je mehr Feinde, desto mehr Erfolg. Jeder Feind ist auch ein potentieller Neider. So einfach ist das."

Dieter Bothmann konnte nicht glauben, was er gerade gehört hatte. War diese Frau überhaupt einer Gefühlsregung fähig?

„Du meinst wirklich, was du da sagst, oder?"

Ohne ein weiteres Wort verließ er sein Büro. Von Feldchen war nichts zu sehen. Er wollte später versuchen, ein paar tröstende Worte für sie zu finden. Sein Blick fiel auf die Wanduhr. Verdammt, er musste sich beeilen, damit er nicht zu spät zur Eröffnung erschien. Nicht auszudenken. Die Landrätin wäre bestimmt nicht erfreut darüber.

Der Platz hinter dem alten Fabrikgelände war mit Menschen überfüllt. Jung wie Alt waren hierhergekommen, um bei der Einweihung der neuen Attraktion dabei zu sein. Dieter Bothmann hatte es schwer, zum Podium zu gelangen. Mit solch einem Andrang hatte er nicht gerechnet.

Der Eingang, mit dem Namen der neuen Wasserskianlage, war noch von einem riesigen Vorhang verhüllt. Sobald die Landrätin das goldene Band durchschneiden würde, wäre der Blick frei. Immer wieder hielt er Ausschau nach dem Vorsitzenden des Vermietervereins. Dann traf die Landrätin ein. Umjubelt von der Menge schritt sie zum Podium und hielt eine längere Ansprache. Eigentlich wäre jetzt Jürgen Siebert an der Reihe gewesen, aber er war immer noch nicht da. Also ging der Kurdirektor ans Mikrofon und begann seine Rede.

„Wir bedanken uns herzlich bei der Landrätin, dass sie Zeit gefunden hat, uns bei der Eröffnung unserer neuen Wasserskianlage zu unterstützen. Wir hoffen, dass sie von unseren Gästen viel genutzt wird. Aber wir haben schon genug geredet. Wir wollen zur Tat schreiten, und darum bitte ich die Landrätin, das goldene Band zu durchschneiden und die Wasserskianlage für unser Publikum zu eröffnen."

Tosender Beifall hallte über den großen Platz. Die Landrätin ergriff die Schere und durchtrennte das Band.

Wie in Zeitlupe fiel der schwere rote Vorhang zu Boden. Der Blick auf den Eingang der Wasserskianlage war frei. Tosender Beifall dröhnte, als plötzlich eine Frau anfing hysterisch zu schreien. Dann war es plötzlich still. Die Anwesenden schienen zu Salzsäulen erstarrt zu sein. Der

Eingang der Anlage war verziert mit riesigen Buchstaben und einem Ski auf einer Welle. Auf diesem Ski lag ein Mann, und er war tot. Die Landrätin hatte sich abgewandt und wurde von dem Sicherheitspersonal abgeschirmt. Dieter Bothmann hatte Mühe, sein Frühstück bei sich zu behalten. Er ging einige Schritte näher an den Toten heran und erschrak. Vor ihm lag Jürgen Siebert. Erschüttert schaute Bothmann in die Runde. Sein Blick fiel auf eine Frau in vorderster Reihe. Langsam kam sie die Treppen zum Podium herauf und hatte nun einen direkten Blick auf die Leiche. Sie öffnete ihren Mund, als wollte sie etwas sagen, doch dann ging sie in die Knie. Helga Siebert konnte ihre Augen nicht von ihrem Mann abwenden. Wie in Trance flüsterte sie: „Ich wusste, dass etwas passieren würde. Ich wusste es."

Dann umgab sie Dunkelheit.

Der Parkplatz vor der Wasserskianlage war fast menschenleer. Nur die Mitarbeiter der Polizei und Feuerwehr befanden sich noch auf dem Gelände. Die Kommissare waren eingetroffen, ebenfalls die Spurensicherung und der Gerichtsmediziner.

„Das ist jetzt die dritte in drei Tagen. Da ist einer sehr fleißig." Dr. Knut Behrends hockte bei der Leiche und untersuchte sie.

Meinders stand daneben und verhielt sich still, was den Doktor wiederum irritierte.

„Nanu, Meinders, so kenne ich Sie ja gar nicht. Keine nervigen Fragen, keine Anmerkungen. Sie sind doch nicht krank, oder?"

Meinders warf ihm nur einen kurzen Blick zu. Er hatte andere Dinge zu tun, als sich provozieren zu lassen.

„Warum machen Sie nicht Ihre Arbeit? Je eher Sie mir Informationen zukommen lassen, desto schneller können wir uns auf die Suche nach dem Mörder machen."

Der Gerichtsmediziner blickte kurz auf.

„Sie haben für die ersten beiden Leichen noch keinen gefunden. Glauben Sie, dass Sie für diese hier einen finden werden?"

Bevor Meinders etwas erwidern konnte, schaltete Hannah sich ein. „Nun, Doktor? Was können Sie uns denn schon sagen?"

„Also gut. Der Tote hat eine erhebliche Schädelverletzung erlitten, die zum Tode geführt hat. Wie es aussieht, ist die Tatwaffe ein runder, schwerer Gegenstand. Sie können sehen, dass der Schädel eine Delle aufweist. Eine nicht mit dem Leben zu vereinbarende Verletzung. Alles Weitere nach der Obduktion."

Er packte seinen Koffer und verschwand.

„Mediziner!"

Meinders' Laune war auf dem Tiefpunkt. Drei Tote und keine Hinweise auf den oder die Täter. Sein Chef, der ihm im Nacken saß, und ein Gerichtsmediziner, der meinte, witzig zu sein. Konnte der Tag noch schlimmer werden?

„Hallo Kommissärchen! So sieht man sich wieder."

Hannah sah, wie Meinders zusammenzuckte und in seiner Jackentasche herumfummelte. Wo waren seine Zigaretten? Vesper reichte ihm eine von seinen.

„Hallo Frau Schäfer. Haben Sie denn schon Informationen für uns?"

Vesper schob sich zwischen die beiden.

„Ich gehe zum Nacktbaden in die Nordsee. Wollen Sie nicht mitkommen und mir Gesellschaft leisten?"

Vesper hüstelte, und Meinders' Gesichtsfarbe wechselte ganz dezent mit fließenden Farbübergängen. Hannah konnte sich ein Grinsen nicht verkneifen.

„Mensch, Markus, das ist doch mal eine Einladung. Warum überlegst du so lange?"

Vesper drehte sich mit einem entsetzten Gesichtsausdruck zu seiner Kollegin um. Sie versuchte immer noch, ihr Lächeln zu unterdrücken.

„Bist du verrückt?" zischte er nur.

Meinders zog heftig an seiner Zigarette. Diese Frau machte ihn verrückt.

„Sie sollten an Ihre Arbeit gehen. Das ist wichtiger als alles andere."

So schnell ließ sich Wanda Schäfer aber nicht vertreiben. „Nun, wann treffen wir uns heute Abend zu einem Schäferstündchen im warmen Wasser?"

Meinders schaute irritiert. Diese offensichtliche Anmache ekelte ihn an. Auch Vesper hatte so seine Schwierigkeiten mit dieser Dame. Hannah hatte Mitleid mit ihren Kollegen. Sie überlegte kurz, wie sie ihnen aus der Situation heraushelfen konnte.

„Heute Abend? Das wird wohl nichts."

Vesper und Meinders schauten erwartungsvoll auf ihre Kollegin. Wanda Schäfer war wachsam. Sie wollte die beiden noch nicht so schnell von der Leine lassen.

„Warum nicht?"

Hannah blickte von einem zum anderen. „Weil Ebbe ist. Ganz einfach." Sie schaute die Frau von der Spurensicherung von oben bis unten an und fuhr fort: „Obwohl ich sagen muss, dass Ihnen eine Schlickpackung guttun würde."

Wanda Schäfer zog heftig die Luft ein. „Also sowas!", zischte sie, packte wütend ihren Koffer und verschwand.

Vespers breites Grinsen brachte seine Zahnlücke zum Vorschein.

„Mensch, Hannah, großartig. Das war schon lange einmal fällig. Die wird uns nicht so schnell mehr anmachen."

Meinders wippte auf seinen Fußspitzen und schnippte fröhlich seine Zigarette weg. Dann fiel sein Blick auf den Kurdirektor.

„Gut, machen wir weiter. Herr Bothmann, würden Sie bitte zu uns herüberkommen? Wir haben, wie Sie sich sicherlich denken können, noch ein paar Fragen an Sie."

Dieter Bothmann war immer noch etwas blass um die Nase. Er hatte das Gefühl, dass ihm alles entglitt. Das würde Büsum nicht überstehen. Drei Morde und keine Aufklärung in Sicht.

„Das gibt es doch nicht. Erst die beiden Gäste und jetzt auch noch ein Bewohner dieser Gemeinde. Wo führt uns das noch alles hin?"

Vesper nickte und begann die restlichen Anwesenden zu befragen. Hannah warf einen Blick über den Parkplatz. In der Nähe standen ein Rettungswagen und ein Notarzt.

„Für wen ist der Rettungswagen?"

Dieter Bothmann wischte mit seinen Händen über sein Gesicht. Er musste erst einmal wieder einen klaren Gedanken fassen.

„Der ist für Frau Siebert. Sie ist zusammengebrochen, als sie ihren Mann da hat liegen sehen."

Meinders zückte seinen PDA und begann sich wieder Notizen zu machen.

„Können Sie uns erzählen, was passiert ist?"

„Das wüsste ich auch gern", seufzte der Kurdirektor.

„Seit gestern habe ich versucht, Jürgen Siebert ans Telefon zu bekommen. Wir hatten einen Termin. Wir wollten die Eröffnungszeremonie noch einmal durchgehen. Aber er ist nicht aufgetaucht. Wir haben dann ohne ihn die Eröffnung begonnen. Die Landrätin hat das Band durchgeschnitten, und der Vorhang fiel, den Rest wissen Sie."

Meinders war irritiert. „Keiner hat die Leiche vorher gesehen?"

„Nein, wir haben gestern Abend, nach den letzten Bauarbeiten, den Vorhang hochgezogen und den Platz verlassen. Das war so gegen 23 Uhr."

„Ist Ihnen sonst irgendetwas aufgefallen, was uns weiterhelfen könnte? Was jemand getan oder gesagt hat?"

Dieter Bothmann dachte kurz nach, dann erinnerte er sich an den Moment, kurz nachdem die Leiche gefunden wurde.

„Ja, etwas war ungewöhnlich."

Meinders und Hannah warteten gespannt.

„Frau Siebert starrte auf ihren Mann und flüsterte irgendetwas."

„Konnten Sie verstehen, was?", fragte Meinders.

„So etwas wie ‚Ich wusste, dass etwas passieren würde. Ich wusste es.' ... Können Sie damit etwas anfangen?"

„Das werden wir sehen."

In Gedanken versunken ließ Meinders den Kurdirektor stehen. Hannah wollte ihm folgen, als sie eine Hand auf ihrem Arm spürte.

„Frau Claasen ... Hannah. Ich weiß, dass jetzt nicht der richtige Zeitpunkt ist, aber meine Einladung auf eine Tasse Kaffee steht noch."

Hannah wollte ihrem ersten Impuls folgen und ihm absagen, als eine innere Stimme sie davon abhielt.

„Gut, sagen wir gegen 16 Uhr. Ich hole Sie ab."

Sie schenkte ihm ein Lächeln und verschwand. Obwohl die Todesliste jetzt auf drei angestiegen war, fühlte sich Dieter Bothmann irgendwie leichter.

Beschwingt und leise pfeifend ging er in sein Büro zurück. Der Tag war gerettet. Er hatte ein Date.

12

Zurück in der Polizeistation überlegten die Kommissare, wie sie vorgehen sollten. Drei Morde in drei Tagen. Vesper war der festen Überzeugung, dass es sich um einen Serientäter handelte, der wahllos tötete. Meinders glaubte nicht, dass die Morde im Zusammenhang standen.

„Der Mord an Siebert passt einfach nicht ins Bild. Der Aufwand, den der oder die Täter bei den beiden ersten Opfern in Kauf genommen haben, enthält ein Muster. Wir sind nur zu blind, um es zu erkennen. Verdammt! Was übersehen wir?"

Hannah war den Ausführungen des Kommissars gefolgt und stimmte mit ihm überein.

„Ich bin auch davon überzeugt, dass dieser Mord nichts mit den vorangegangenen zu tun hat. Vielleicht wollte jemand es so aussehen lassen und hat einige Dinge kopiert. Statt die Leiche zu verstecken, wird sie drapiert, dass sie von vielen Menschen gesehen wird. Kann es eine Warnung gewesen sein?"

Den letzten Satz hatte sie eigentlich nicht aussprechen wollen. Vesper und Meinders blickten skeptisch.

„Was meinst du damit?"

Vesper rückte seinen Stuhl näher an sie heran.

„Na ja, die Aussage vom Kurdirektor. Er erzählte uns doch von den Worten, die Sieberts Frau gesagt hat." Sie versuchte sich an den genauen Wortlaut zu erinnern. „Ich wusste, dass etwas passieren würde, ich wusste es ..." Und noch etwas bahnte sich in ihre Erinnerung zurück. „Wissen Sie noch, wie merkwürdig sich Siebert verhalten hat, als wir ihn gestern Morgen getroffen haben?"

Vesper überlegte angestrengt. Das war ihm wohl entgangen.

„Er war auf der Sandbank?"

Meinders nickte und seufzte.

„Dann sollten wir uns mal mit Sieberts Frau unterhalten."

Hannah warf einen Blick auf ihre Armbanduhr. Es war kurz vor vier. Ihre Verabredung mit dem Kurdirektor durfte sie nicht vergessen.

„Haben Sie noch etwas vor?"

Meinders hatte ihren Blick bemerkt.

„Ich bin um 16 Uhr mit dem Kurdirektor Bothmann verabredet. Mal sehen, ob er nicht noch ein paar Informationen für uns hat."

Sie stand auf, und Meinders nickte ihr aufmunternd zu. Er war froh, dass sie etwas anderes vorhatte. Vesper warf ihm einen fragenden Blick zu. Meinders hob seine Hand, und Vesper schwieg. Hannah hatte ihre Tasche geschnappt und drehte sich in der Tür noch einmal um.

„Wie wäre es mit einem leckeren Abendessen? Um 20 Uhr bei mir."

Die Tür fiel hinter ihr ins Schloss, und im Raum war es still.

„Gut, gehen wir, Vesper. Wir brauchen Antworten auf unsere Fragen, und das schnell, sonst gibt es noch mehr Tote."

Vesper war verwirrt. Warum ging seine Kollegin nicht mit zu Helga Siebert?

„Sollte Hannah nicht mit uns kommen?"

Meinders schüttelte den Kopf und entschloss sich, Vesper von der Begegnung mit Jürgen Siebert auf der Sandbank zu erzählen.

„Der Mann hat eine Leiche im Keller. Fragt sich nur, welche. Und was unsere junge Kollegin damit zu tun hat. Auch werde ich das Gefühl nicht los, dass alle Morde irgendwie zusammengehören."

Hannah war pünktlich. Gegen 16 Uhr stand sie im Vorzimmer des Kurdirektors. Seine Sekretärin saß am Schreibtisch und verfasste irgendwelche Briefe. Hannahs aufmerksamen Blick entging nicht, dass ihre Augen rot unterlaufen waren. Entweder hat sie eine Allergie, oder sie hat geweint, dachte sie. Ihre Erfahrung ließ sie auf Letzteres tippen. Bevor sie etwas dazu fragen konnte, öffnete Dieter Bothmann die Tür und lächelte ihr freudig zu.

„Hannah, da sind Sie ja. Lassen Sie uns nach oben ins Café gehen." Und an seine Sekretärin gewandt, sagte er nur: „Feldchen, ich gehe mit Kommissarin Claasen in den Pesel einen Kaffee trinken. Sollte etwas Dringendes sein, wissen Sie, wo Sie mich finden können."

Sanft schob er Hannah durch die Tür und blieb den ganzen Weg bis zur Sonnenterrasse an ihrer Seite. Hannah musste schmunzeln. Er hatte nichts dem Zufall überlassen und einen Tisch reserviert.

„Was möchten Sie trinken?" Erwartungsvoll sah er sie an.

„Milchkaffee, bitte."

Sie hatte natürlich nicht vor, sich den Kaffee bezahlen zu lassen. Da der Kurdirektor vielleicht in die Fälle involviert war, konnte ihr das negativ ausgelegt werden. Er bestellte beim hereineilenden Kellner und lehnte sich entspannt zurück. Die Sonnenterrasse war voll besetzt. Hannahs Blick fiel auf den Deich. Auch dort schien es keinen freien Flecken mehr zu geben. Es wimmelte von Gästen.

„Das ist doch ein schöner Anblick, oder? Ich war schon darauf gefasst, dass dies unser schwärzester Sommer werden würde, aber wie Sie sehen, habe ich mich geirrt. Wie es aussieht, haben wir sehr mutige Gäste. Jeden Tag bekommen wir neue Zahlen. Alle Betten sind belegt. Können Sie sich das vorstellen? So etwas hat es in Büsum noch nie gegeben."

Er schwärmte nur so vor sich hin. Hannah musste ihm zustimmen. So viele Gäste hatten sie lange nicht mehr. Was so ein paar Morde doch ausmachen, dachte sie bei sich.

Er rückte ein wenig näher an sie heran und flüsterte: „Stellen Sie sich vor. Mir ist zu Ohren gekommen, dass Wetten abgeschlossen werden, ob es noch weitere Morde geben wird."

„Sie wollen mir doch nicht allen Ernstes erzählen, dass irgendjemand Wetten annimmt ... gegen Geld?"

Sie hatte in ihrem Job ja schon viele Dinge erlebt, aber dass jemand auf den Tod wettete, das noch nicht.

„Was wissen Sie darüber?"

„Eigentlich ist es mehr Hörensagen. Man hat mir zugetragen, dass an der Sandbank, im Erlengrund, eine neue Imbissbude eröffnet hat. Der Besitzer nimmt Wetten an. Es soll auch eine gegen die Polizei laufen."

Er räusperte sich und war froh, dass der Kellner mit den Getränken kam. So hatte er sich sein Date nicht vorgestellt. „Lassen Sie uns über erfreulichere Dinge reden."

„Erfreulichere Dinge?"

Hatte sie ihn richtig verstanden?

Dieter Bothmann wurde ein wenig verlegen. „Na ja, dass wir uns besser kennenlernen zum Beispiel. Sie sind eine sehr interessante Frau und ..." Er machte eine Pause.

„Und ...?"

„Und ich finde Sie sehr sympathisch."

Er versuchte seine Aussage mit einem Lächeln zu unterstützen, dabei legte er seine Hand auf ihre.

Bevor sie etwas sagen konnte, stand eine junge Frau an ihrem Tisch und schaute sie skeptisch an.

„Vielleicht irre ich mich, aber bist du nicht Hannah Claasen?"

Hannah konnte das Gesicht der Frau nicht gleich erkennen, weil die Sonne sie blendete.

„Mette, bist du das?"

Hannah zog ihre Hand weg und stand eilig auf. „Ist das schön, dich zu sehen! Wie lange ist das her ... acht Jahre?"

Die beiden Frauen umarmten sich innig.

„Nein, fast zehn. Du siehst toll aus. Fast hätte ich dich nicht wiedererkannt."

Dieter Bothmann war verärgert. Gerade jetzt, wo er zum Angriff hätte übergehen können, kam ihm diese Frau dazwischen. So eine Blamage. Er hüstelte etwas lauter, um auf sich aufmerksam zu machen.

„Wollen Sie sich nicht zu uns setzen?"

Fragend sah er die Frau an und hoffte inständig, sie würde seine Einladung ablehnen.

„Das ist nett von Ihnen, aber mein Mann wartet auf mich." Und an Hannah gewandt, fuhr sie fort: „Besuch mich doch mal in den nächsten Tagen."

Sie kramte in ihren Taschen, zog eine Visitenkarte hervor und überreichte sie Hannah.

„Ruf mich an, damit wir uns treffen können."

Und so schnell, wie sie auf der Bildfläche erschienen war, war sie verschwunden. Dieter Bothmann atmete auf. Er war wieder mit ihr allein.

„Wo waren wir stehen geblieben?"

Hannah dachte kurz nach und schmunzelte. „Wir sprachen über das illegale Wettbüro, wenn ich mich nicht irre."

Sie wollte lieber nicht an die erfreulicheren Dinge denken, die dem Kurdirektor vorschwebten. Dieser räusperte sich und lächelte, obwohl ihm dazu nicht zumute war. Hannah wollte ihm keine Gelegenheit mehr geben, sich ihr privat zu nähern. Plötzlich musste sie an ihre Kollegen denken. Na, die wären sehr begeistert, wenn sie sich mit ihm einlassen würde. Um wieder eine gewisse Distanz zu schaffen, begann sie routiniert ihre Fragen zu stellen.

„Was glauben Sie, wer der Täter sein könnte? Gibt es jemanden, der etwas gegen Ihre Gäste hat? Oder ein unzufriedener Mitarbeiter vielleicht, der sich an der Kurverwaltung rächen möchte?"

Dieter Bothmann machte ein erstauntes Gesicht. Sie konnte doch nicht wirklich annehmen, dass ein Mitarbeiter oder ein Büsumer sich zu solchen Taten hatte hinreißen lassen.

„Das glauben Sie doch wohl selbst nicht, dass jemand von der Kurverwaltung damit drin steckt ...", er holte tief Luft und trank einen großen Schluck Kaffee, „... oder dass ich mordend durch die Gegend ziehe."

Eigentlich wollte er es humorvoller klingen lassen, aber das ging daneben. Sie schmunzelte nicht einmal.

„Warum nicht? Sie wären nicht der Erste. Da fällt mir noch was ein: Wo war eigentlich Ihre Kollegin, Frau Hermanns? Hat sie nicht an der Eröffnung teilgenommen?"

Sie schaute ihn an und wartete auf eine Antwort. Doch er hatte keine. Die ganze Sache gefiel ihm immer weniger. Eigentlich sollte das alles anders ablaufen.

„Da müssen Sie sie selber fragen. Ich weiß nicht, wo sie war. Ich bin nicht ihr Bodyguard."

Hannah stutzte.

„Warum sagen Sie Bodyguard? Muss man auf sie aufpassen?"

Fragen über Fragen. Dieter Bothmann begann zu bereuen, dass er sich mit ihr getroffen hatte. Diese Frau war durch und durch eine Polizistin. Bei ihr würde er wohl nicht landen können. Schade, dachte er nur und ließ seinen Blick über ihren wohlgeformten Körper gleiten. Er seufzte tief und winkte dem Kellner.

„Für meine Mitarbeiter lege ich meine Hand ins Feuer. Und mit Bodyguard meinte ich Aufpasser, denn die Marketingleiterin ist zuweilen ein wenig stürmisch. Falls Sie es noch nicht mitbekommen haben, sie eckt gern überall an. Sie beleidigt die Menschen, wo sie nur kann, aber sie bringt sie nicht gleich um." Er lachte und machte eine kurze Pause. „Oder glauben Sie, sie hat eine neue Marketingstrategie? Sensationstourismus – je spektakulärer der Mord, desto mehr Gäste vor Ort."

Die Ironie war nicht zu überhören. Doch Hannah war so weit weg mit ihren Gedanken, dass sie das nicht mitbekam. Er bezahlte seinen Kaffee und ließ sie ohne ein weiteres Wort zurück. Hannah wehrte sich gegen den Gedanken, der sich in ihrem Kopf festzusetzen schien. Sie betrachtete ihn von allen Seiten und kam immer wieder zu demselben Ergebnis. Sie musste unbedingt mit ihren Kollegen über ihren Verdacht sprechen. Sie schaute auf ihre Uhr und war erstaunt, wie schnell die Zeit vergangen war. Sie musste noch für das Abendessen einkaufen.

Meinders und Vesper saßen im Wohnzimmer der Sieberts und fühlten sich in die 70er Jahre zurückversetzt. Eine riesige alte Schrankwand im Gelsenkirchener Barock reichte über die gesamte Länge des Zimmers. Das Ledersofa, auf dem die beiden Kommissare Platz genommen hatten, war ebenfalls riesig. Auch hier konnten sie die Eichenholzverzierungen erkennen. Der Couchtisch, auf dem Frau Siebert ihr Tablett abstellte, war aus demselben Material. Nur die Tischplatte bestand aus dunkelgrün schimmernden Kacheln. Meinders fühlte sich ein wenig unbehaglich. Zum Glück, dachte er, sieht es bei mir nicht so aus. Aber wohnen wollte er hier ja auch nicht. Er griff nach der Tasse, die Frau Siebert ihm reichte, und ein köstlicher Kaffeeduft verbreitete sich im Zimmer.

„Frau Siebert, wir möchten Ihnen unser Beileid aussprechen. Aber Sie verstehen sicherlich, dass wir ein paar Fragen stellen müssen. Sehen Sie sich dazu in der Lage?"

Meinders ließ ihr ein wenig Zeit und trank einen Schluck Kaffee.

„Ich weiß, dass Sie mich befragen müssen. Es wird schon gehen, Herr Kommissar."

Er nickte und überlegte einen kurzen Moment. „Hatte Ihr Mann Feinde, oder hat er in der letzten Zeit jemanden verärgert?"

Frau Siebert blickte den Kommissar fassungslos an.

„Feinde, wie das klingt. Natürlich hatte er keine Feinde. Gut, er war durch seinen Beruf und als Vorsitzender des Vermietervereins nicht immer beliebt, aber dass ihn deshalb jemand tötet? Nein, das kann ich mir nicht vorstellen."

Vesper, der mit dem feinen Porzellan zu kämpfen hatte, meldete sich zu Wort.

„Was war Ihr Mann von Beruf?"

„Er war Bankangestellter. Zum Schluss war er in der Kredit- und Finanzierungsabteilung. Aber wenn Sie glauben, dass ein Kunde ihn wegen nicht erhaltener Kredite getötet hat, muss ich Sie enttäuschen."

Meinders stellte seine Tasse ab, um sich die Bilder an der Wand anzuschauen.

„Haben Sie Kinder?", fragte er so beiläufig wie möglich.

„Nein."

Er schob seine Hände in die Hosentaschen und wippte mit seinen Schuhspitzen.

„Warum haben Sie gewusst, dass etwas passieren wird?"

Helga Siebert wurde blass. Nervös schaute sie von einem zum anderen.

„Ich weiß nicht, was Sie meinen."

Vesper stellte seine Tasse geräuschvoll ab und zog seinen Notizblock hervor. Er blätterte kurz und las vor: „Kurdirektor Dieter Bothmann hat zu Protokoll gegeben, dass

Sie das bei Auffindung der Leiche gesagt haben sollen, ich zitiere: Ich wusste, das etwas passieren würde, ich wusste es."

Helga Siebert wurde immer unruhiger. Sie suchte nach einer Möglichkeit, den Fragen der Kommissare zu entgehen.

„Ich kann mich nicht erinnern, das gesagt zu haben ..." Sie räusperte sich kurz. „Ich glaube, es ist besser, Sie gehen jetzt. Ich würde mich gerne hinlegen. Es geht mir nicht gut. Sie finden bestimmt allein hinaus."

Es klang nicht wie eine Bitte. Meinders schaute sie einen Moment lang an, nahm seine Jacke und ging. Vesper folgte ihm, und als sie draußen waren, sprudelte es aus ihm hervor.

„Die weiß doch mehr über die Ermordung ihres Ehemannes. Ich verstehe nicht, warum sie uns nichts darüber erzählen will. Das ergibt doch keinen Sinn, außer wenn sie ihn selbst erschlagen hat. Was noch unsinniger ist."

Meinders schwieg. Er hatte immer mehr das Gefühl, dass alles zusammenhing. Die Morde hatten einen gemeinsamen Hintergrund. Nur wie der aussah, das wusste er nicht. Noch nicht.

13

Der nächste Tag brachte die ersten Rückschläge. Der Holsteiner Tagesbote schickte einen Anwalt, der den immer noch im Arrest befindlichen Henning Clausen herausholte. Ohne Anklage oder dringenden Tatverdacht durfte die Polizei seinen Mandanten nicht länger festhalten. Und schon war er verschwunden. Doch das kümmerte Meinders nicht wirklich. Er schlug sich mit ganz anderen Gedanken herum.

„Ist alles in Ordnung mit Ihnen?" Barne Hinrichs hatte genug Menschenkenntnis, um zu sehen, dass dem Kommissar irgendetwas auf der Seele brannte.

Meinders lief ruhelos umher. Er hatte ein ganz komisches Gefühl. Er blieb stehen und schaute den Kollegen irritiert an.

„Was haben Sie gesagt, Barne?"

„Ich wollte wissen, ob alles in Ordnung ist. Sie laufen auf und ab, und Ihr Gesichtsausdruck lässt nichts Gutes vermuten. Kann ich irgendetwas für Sie tun?"

Der Kommissar überlegte einen Moment und schüttelte den Kopf.

„Wenn ich Ihnen helfen kann, lassen Sie es mich wissen."

Barne Hinrichs wandte sich wieder seinen Akten zu, während der Kommissar seinen Rundgang fortsetzte. Abrupt blieb er stehen.

„Sagen Sie mal, Barne, wie lange sind Sie schon Polizist hier in Büsum?"

Barne Hinrichs schaute von seinen Akten auf und überlegte kurz. „Fast 25 Jahre. Warum?"

„Sie kennen also alles und jeden hier?"

Barne Hinrichs nickte nur.

„Familienverhältnisse und so. Wer mit wem Streit gehabt hat und so weiter?"

Meinders widerstrebte es, in der Vergangenheit seiner Mitarbeiter zu schnüffeln, aber irgendetwas, vielleicht war es Intuition, wies ihm diese Richtung.

„Lassen Sie uns in mein Büro gehen. Es muss nicht jeder mitbekommen, über was wir reden."

Er öffnete die Tür seines Büros und wartete, dass Barne Hinrichs eintrat. Außerdem vergewisserte er sich, dass niemand ihr Gespräch mitbekommen konnte.

„Also, Barne, ich möchte Sie bitten, dass Sie das, worüber wir reden, natürlich vertraulich behandeln. Vor allem möchte ich nicht, dass Frau Claasen etwas davon erfährt. Jedenfalls noch nicht."

Barne Hinrichs stutzte. Was hatte Hannah damit zu tun?

„Okay", antwortete er vorsichtig.

Meinders wusste, dass er mehr Informationen brauchte, um diesen Fall zu knacken, und er wusste ebenfalls, dass alles miteinander verwoben war. Das Einzige, was er nicht kannte, war der gemeinsame Nenner. Also berichtete er von dem Zusammentreffen mit Siebert und den merkwürdigen Äußerungen seiner Ehefrau. Als er geendet hatte, war Barne Hinrichs ganz still. Die Erzählungen hatten auch ihn stutzig gemacht. Plötzlich fiel ihm wieder ein, wie Berger reagiert hatte, als sie die Hausdurchsuchung vornahmen. Einigen schien es wirklich nicht zu gefallen, dass Hannah nach Büsum zurückgekehrt war.

„Was haben Sie, Barne?"

Meinders sah, wie sein Gegenüber immer blasser wurde.

Barne Hinrichs war in die Vergangenheit eingetaucht. Was hatte die Kleine nicht alles erdulden müssen.

„Sie haben recht. Wenn wir alle Mosaiksteine aneinander reihen, erhalten wir ein Bild."

Meinders atmete auf. „Erzählen Sie mir, was damals passiert ist."

Barne Hinrichs seufzte schwer. Es war nicht leicht für ihn, die Erinnerungen wiederaufleben zu lassen.

„Wissen Sie, Arndt Claasen war ein Fischer, wie er im Buche stand. Wie alle aus seiner Familie, Vater wie Großvater. Er heiratete, und ein Jahr später kam Hannah zur Welt. Sie war so ein süßer Fratz. Als sie zwölf Jahre alt war, wurde ihre Mutter bei einem Verkehrsunfall getötet. Es war Fahrerflucht. Arndt hat das nie verwunden ..."

Barne Hinrichs schmunzelte bitter. „Drei Jahre später ist er ihr gefolgt. Und Hannah war mutterseelenallein auf dieser Erde."

Meinders erinnerte sich an den Zeitungsausschnitt. „Der Unfall vor St. Peter-Ording."

„Unfall ... ja, der Unfall."

Meinders stutzte. „Was meinen Sie damit, Barne?"

„Schiffsunglück, glaube ich, nennt man so etwas. Unfall ... wenn das ein Unfall war, heiße ich ab jetzt Frederike."

Barne Hinrichs' Gesichtsausdruck hatte sich verdunkelt. Er war mit seinen Gedanken tief in die Vergangenheit eingetaucht. Zurück zu diesem unheilvollen Tag.

Meinders schnappte nach Luft. Sein Gefühl hatte ihn nicht im Stich gelassen. Die Begegnung mit Siebert und dessen Äußerung waren ihm von vornherein suspekt gewesen. Also fragte er weiter: „Was ist damals genau vorgefallen, als die Frau von Claasen gestorben ist?"

Barne Hinrichs überlegte kurz. „Es war alles ein wenig merkwürdig. Gegen zwei Uhr morgens wurde ein Unfall gemeldet. Als die Beamten an die Unfallstelle kamen, fanden sie aber nichts. Natürlich wurde angenommen, dass sich einige Jugendliche einen Spaß erlaubt hatten. Als sie wieder zurückfahren wollten, fanden sie ... fanden sie eine Frau im Straßengraben. Sie war total verdreckt und voller Blut. Es stellte sich heraus, dass es sich um Hannahs Mutter handelte."

Barne Hinrichs ballte die Hände zu Fäusten und schluckte ein paarmal heftig. „Offiziell hieß es, sie wurde von einem Auto erfasst, und der Fahrer sei dann getürmt. Ganz banale Fahrerflucht mit Todesfolge. Aber Arndt wollte die Sache nicht ruhen lassen. Er begann Nachforschungen anzustellen und stieß auf einige Ungereimtheiten."

Er machte eine Pause. Meinders schwieg und wartete.

„Wissen Sie, am Anfang habe ich gedacht, es war die Verzweiflung, die ihn suchen ließ. Immer wieder konfrontierte er uns mit Hinweisen, Gutachten und Verdächtigungen. Irgendwann begann sogar ich daran zu glauben, dass das kein Unfall war, sondern ... Mord." Die letzten Worte hatte er sehr leise gesprochen. Die Erinnerungen machten ihm zu schaffen. „Er war damals mit Jürgen Siebert befreundet. Aber nach dem Tod seiner Frau war das alles vorbei. Durch seine Verdächtigungen hatte er sehr viele Büsumer vor den Kopf gestoßen."

Meinders hatte sich eine Zigarette angezündet und blies den Rauch heftig aus.

„Was ist dann passiert?"

Eigentlich war die Frage überflüssig. Er wusste es auch so.

„Das Schiffsunglück hat alles beendet. Durch seinen Tod kehrte wieder Ruhe ein in Büsum. Es wurde nie geklärt, was genau passiert war. Die Untersuchungen ergaben keine Fremdeinwirkung, und der Fall wurde zu den Akten gelegt. Und zu allem Übel kam noch hinzu, dass dieser Zeitungsfritze diesen schändlichen Artikel verfasste."

„Henning Clausen?"

„Genau der! Dieser Rechercheprofi, der von nichts eine Ahnung hatte. Wissen Sie, was der geschrieben hat? Arndt Claasen wäre mit dem Tod seiner Frau nicht fertig geworden und hätte sich das Leben genommen. Er schrieb über Hannahs Mutter, dass sie dafür bekannt war, die Grenzen des Ehelebens auch mal zu überschreiten. Dieser Mistkerl hat überhaupt nicht an Hannah gedacht, als er seinen Artikel verfasste. Sie hatte es nicht leicht danach. Aber sie hat sich durchgebissen. Sie ist eben die Tochter ihres Vaters."

Meinders erstarrte. Den Satz hatte er doch schon mal gehört. Ohne es zu merken, hatte er den Satz ausgesprochen. „Du hast immer noch nicht begriffen, dass Neugierde auch unangenehm werden kann. Man merkt, dass du die Tochter deines Vaters bist."

Barne Hinrichs schaute den Kommissar irritiert an und zuckte mit den Schultern.

„Was ... ich verstehe nicht."

„Das waren Sieberts Worte. Er war auf der Sandbank, als wir Arnold Vogler dort gefunden haben. Und er schien nicht erfreut darüber, dass Hannah nach Büsum zurückgekehrt ist."

Die beiden Männer saßen sich gegenüber und schwiegen. Nur das Summen einer Biene war zu hören und ein entferntes Telefonklingeln. Meinders fasste sich als Erster.

„Gut, Barne, wir machen Folgendes ..."

Hannah hatte den Abend mit ihren Kollegen sehr genossen. Sie hatte zeigen können, dass sie nicht nur gute Polizeiarbeit machte, sondern auch kochen konnte. Meinders hatte sie darum gebeten, einen Besuch bei der Witwe von Heribert Bender zu machen. Sie war endlich vernehmungsfähig. Aber wie sie es sich schon gedacht hatte, konnte die Frau nicht viel zur Aufklärung beitragen. Ein kurzer Plausch mit Astrid Franke, und sie war wieder auf dem Rückweg zur Dienststelle. Plötzlich kam ihr Tantchen Lohmann in den Sinn. Vielleicht sollte sie einen kleinen Abstecher machen und die alte Dame besuchen. Sie war schon immer sehr gesprächig und galt deshalb als „Büsumer Tageszeitung".

Außerdem war sie eine anerkannte Kartenlegerin, zu der nicht nur Einheimische gingen. Auch viele Gäste nahmen ihre Künste in Anspruch. Hannah bog in die Alleestraße ein und blieb erstaunt stehen. Menschenmassen schoben sich die schmale Straße entlang. Sie kannte Büsum in der Saison, aber was sich hier abspielte, war unfassbar. Die Geschäfte längs der Alleestraße waren ebenfalls überfüllt, und es schien fast so, als bewege sich die zähe Masse kaum. Sie würde es schwer haben, hier durchzukommen, vor allem, weil sie gegen den Strom schwimmen musste. Also überlegte sie kurz und nahm den längeren Weg über den Oland vorbei am Ententeich. Tantchen Lohmann hatte ein kleines Haus in der Süderpiep nahe dem Brunnenplatz. Hannah atmete tief ein, bevor sie die riesige Glocke an der Haustür betätigte. Nichts hatte sich verändert. Ein Gong ertönte, und sie hörte die Stimme einer Frau hinter der Tür.

„Wer ist denn so früh am Morgen schon so aufdringlich?"

Hannah musste schmunzeln, denn es war fast halb elf. Aber sie wusste, dass Tantchen ihre Séancen bis tief in die Nacht hinein durchführte. Die Tür wurde geöffnet, und vor ihr stand eine kleine Frau mit zerzausten Haaren. Den Gürtel ihres geblümten Morgenrocks hatte sie fest um ihre schmale Taille geschlungen. Noch bevor sie irgendetwas sagen konnte, antwortete Hannah auf ihre Frage.

„Ich bin es, der so aufdringlich ist." Sie wartete einen kurzen Moment und sprach weiter: „Oder bin ich vielleicht nicht willkommen?"

Die alte Dame schaute etwas verwirrt. Dann erkannte sie ihren Gast und jauchzte.

„Hannah, meine Liebe! Wie schön, dich zu sehen."

Sie ging beiseite, und Hannah trat ein. Es schien, als betrete sie eine Märchenwelt. Nichts hatte sich seit ihrer Kindheit verändert, gar nichts.

„Ich wollte dich besuchen, aber wenn ich ungelegen komme, schau ich ein anderes Mal bei dir vorbei."

„Ungelegen, um Gottes willen, nein!" Dann schaute sie an sich herunter und zuckte mit den Schultern. „Geh in die Küche. Ich bin gleich bei dir. Du kennst dich ja hier aus. Frischer Kaffee steht auf dem Tisch."

Eiligst verschwand sie, und Hannah begab sich in die Küche. Erinnerungen wurden wach. Ach, wie hatte sie es geliebt, mit ihrer Mutter hier zu sein. Dieses Haus war kein normales Haus. Es war ein Ort der Magie entsprungen, aus einem Märchenbuch. Sie setzte sich auf einen Stuhl und ließ ihren Blick schweifen. Der alte Herdofen aus Omas Zeiten stand in der Ecke. Die weiße Keramikverkleidung hatte schon einige Dellen und Schlieren, war aber noch intakt. Der Rahmen, die Ringe und die Platten waren allerdings aus Gusseisen. Sie erinnerte sich, was für herrliche Kuchen Tantchen mit diesem Ofen gezaubert hatte. Überall in den Regalen standen große und kleine Flaschen gefüllt mit herrlichen Gewürzen. Von der Decke hingen die unterschiedlichsten Kräuter, und für die speziellen Wehwehchen hatte sie Steine, Blumen und ätherische Öle gesammelt. Es duftete herrlich. Auf der anderen Seite hingen Amulette, Pendel, Traumfänger und allerlei anderer Kram. Nein, hier hat sich wirklich nichts verändert, dachte Hannah gerade, als Tantchen Lohmann die Küche betrat.

„So, meine Gute. Jetzt werden wir in Ruhe frühstücken und uns unterhalten. Du musst mir erzählen, was du die letzten Jahre so alles getrieben hast."

Hannah war erstaunt über die Energie, die in dieser kleinen Frau steckte.

„Weißt du, Tantchen, ich habe leider nicht viel Zeit. Ich wollte nur schnell hallo sagen, dann muss ich auch schon wieder gehen. Wie du weißt, hat es drei Morde gegeben, und wir haben noch keinen Täter. Aber wenn alles vorbei ist, komme ich bestimmt wieder her."

Tantchen Lohmann hatte ruhig zugehört. Sie wusste, dass dies nur ein Anstandsbesuch war, der alten Zeiten wegen.

„Meine liebe Hannah. Ich weiß genau, was du von mir denkst. Ich bin eine schrullige, alte Dame, die gänzlich dem normalen Leben entrückt ist."

Hannah wollte protestieren, aber Tantchen Lohmann redete weiter. „Nein, lass mich bitte ausreden. Ich weiß auch, dass du mich nur besuchst, weil ich eine Freundin deiner Mutter war."

Hannah sah betreten zu Boden. Sie hatte den Nagel auf den Kopf getroffen. Ein wenig beschämt rutschte sie auf ihrem Stuhl hin und her.

„Das hast du als Kind schon immer gemacht, wenn du etwas angestellt hattest. Viele Dinge ändern sich, aber eben doch nicht alle."

Sie lächelte und hielt ihren Blick fest auf Hannah gerichtet. Hannah seufzte und trank einen Schluck Kaffee. Tantchen atmete tief aus und redete weiter.

„Du bist sehr beschäftigt mit der Suche nach den Mördern, nicht wahr? Ich hoffe, dass ihr sie bald bekommt." Sie verstummte und griff ebenfalls nach ihrer Kaffeetasse. „Aber eins solltest du wissen. Ich habe dich durch meine Karten immer im Auge behalten und konnte sehen, wie deine Karriere verläuft."

Hannah verschluckte sich fast an ihrem Kaffee. Oh, bitte nicht das auch noch, dachte sie im Stillen.

„Ich bin überzeugt, Tantchen, dass du es gut meinst. Aber ich glaube nicht, dass in den Karten meine Zukunft verborgen liegt. Wirklich nicht."

Tantchen Lohmann wollte aufbrausen, besann sich aber und legte ihre Hand auf Hannahs.

„Mein liebes Kind, lass dir eins sagen: Die Karten lügen nicht. Sie haben mir Unheil vorausgesagt. Dein Kartenblatt wird von schwarzen Schatten bedroht. Jemand will dir etwas Böses. Ich rate dir, von hier wegzugehen, bevor es zu spät ist. Es gibt einige, die dich hier nicht haben wollen. Und sie schrecken nicht davor zurück, dich das spüren zu lassen."

Sie war ganz außer Atem. Hannah war besorgt. So kannte sie Tantchen Lohmann nicht.

„Reg dich nicht auf, Tantchen. Ich bin bei der Polizei. Die werden sich das zweimal überlegen, ob die sich mit mir anlegen."

Tantchen schüttelte den Kopf. „Kind, du verstehst mich nicht. Sie sind skrupellos genug, dir etwas anzutun. Du siehst doch, was sie mit Jürgen Siebert gemacht haben."

Hannah stutzte. Was hatte Jürgen Siebert mit ihrem Kartenblatt zu tun?

„Was meinst du damit?", fragte sie mit rauer Stimme.

„Ich habe seiner Frau die Karten gelegt und habe das Unheil kommen sehen. Auch sie wollte nicht auf mich hören. Jetzt liegt er in der Leichenhalle."

Hannahs Neugierde war geweckt. „Kannst du mir das genauer erklären?"

Tantchen Lohmann stand auf und ging in der Küche auf und ab. Sie suchte nach einer Möglichkeit, wie sie Hannah die Karten erklären konnte.

„Die Karten geben einen Hinweis. Sie zeigen die Richtung an, aber nicht, was genau passiert." Sie dachte kurz nach. „Helga Siebert bat mich, die Karten für ihren Mann zu legen. Es schien fast so, dass eine Schuld aus der Vergangenheit ihn nicht ruhen ließ. Wie eine Schlinge, die sich um seinen Hals legte und immer enger wurde. Auch bei ihm erschienen diese dunklen Schatten, genau wie bei dir. Ich kann nicht voraussagen, was passieren wird, nur dass etwas passieren wird." Als sie geendet hatte, sah sie Hannah an und flüsterte: „Alles, was ich will, ist, dass du vorsichtig bist."

Hannah stand auf und legte ihre Arme um Tantchen Lohmann. „Ich verspreche dir, dass ich vorsichtig sein werde. In Ordnung?"

Tantchen nickte nur und ließ sich widerstandslos zurück zu ihrem Stuhl führen.

„Was sagen denn die Einheimischen zu den Morden?"

Hannah versuchte so beiläufig wie möglich zu klingen. Tantchen Lohmann schmunzelte.

„Nun, einige finden es furchtbar. Die anderen halten es für einen Segen. Endlich fließt Geld in die Kassen. So viele Kurgäste waren lange nicht mehr da. Und jetzt ist der Ort schon fast überfüllt. Man erzählt sich, dass gewettet wird, wer der Mörder sein könnte. Und sogar gegen die Polizei laufen Wetten."

Beim letzten Satz legte sich ein feines Lächeln auf ihr Gesicht.

„Tantchen, sag nicht, dass du auch gewettet hast!"

Hannah wusste, was sie zu tun hatte. Sie musste dieses makabere Wettgeschäft schnellstens unterbinden. Ein Blick auf die Uhr ließ sie aufschrecken. Es war fast Mittag. Sie musste zurück ins Büro. Sie verabschiedete sich herzlich von Tantchen Lohmann und versprach, in den nächsten Tagen wieder einmal reinzuschauen. Auch wenn Hannah nichts auf diesen Hokuspokus gab, sie behielt die Warnung im Hinterkopf. Auf dem ganzen Weg zurück zur Polizeistation ging sie immer wieder alle Möglichkeiten durch. In der Station herrschte ein reges Treiben. Kamerateams bedrängten den Diensthabenden. Sie war überrascht. Hatte es schon wieder einen Toten gegeben? Bevor sie irgendetwas fragen konnte, stand Markus Vesper hinter ihr.

„Hey, Hannah, da bist du ja wieder. Meinders möchte dich gerne sprechen. Er wartet in seinem Büro auf dich."

Und ehe sie etwas erwidern konnte, war er auch schon wieder verschwunden. Sie holte tief Luft und klopfte energisch an die Tür.

„Herein!"

Meinders saß an seinem Schreibtisch, die oberste Schublade stand offen, damit er seine Füße drauf legen konnte. Die Hände hatte er hinter seinem Kopf verschränkt, und sein Stuhl ächzte, weil er sein ganzes Gewicht nach hinten gelegt hatte.

„Ah, die Kollegin Claasen. Schön, dass Sie wieder da sind. Ich habe Hunger. Wie wäre es mit einem leckeren Mittagessen?"

14

Es war ziemlich schwierig, einen Platz in einem Restaurant zu bekommen. Es machte sich bemerkbar, dass Büsum voller Touristen war. Also begnügten sich die beiden mit einem Fischbrötchen. Sie saßen zusammen auf einer der riesigen Stufen der Freitreppe am Museumshafen. Hannah genoss die warmen Sonnenstrahlen und entspannte sich. Meinders würde schon irgendwann damit herausrücken, was er von ihr wollte.

„Was haben Sie den Vormittag so gemacht?"

Hannah öffnete verwundert die Augen. War das ihr Vorgesetzter, der sie etwas gefragt hatte? Die sanfte Stimme und die entspannte Haltung passten nicht zu ihm.

„Ich ... ich habe ein paar Nachforschungen angestellt und mich bei alten Bekannten umgehört, was zurzeit in Büsum so los ist."

Meinders nickte und stopfte sich das letzte Stück seines Fischbrötchens in den Mund.

„So, so", nuschelte er. „Und haben Sie was Interessantes herausgefunden?"

Sie sah ihn an und schmunzelte. Seine Wangen waren voller Mayonnaise.

„Das Lager ist gespalten. Eine Hälfte der Büsumer ist froh über die Aufmerksamkeit der Medien und den damit verbundenen Gästeansturm. Die andere Hälfte hält absolut nichts davon."

Meinders hatte ruhig zugehört und die restlichen Brötchenkrumen von seiner Jacke gewischt.

„Ja, das wird noch sehr interessant. Manchmal habe ich das Gefühl, wir sitzen auf einem Pulverfass, das jeden Moment explodieren kann. Sie wissen, was ich meine?"

Hannah nickte. Dann fiel ihr noch etwas ein. „Ich habe noch eine sehr wichtige Information erhalten." Da Meinders nichts erwiderte, fuhr sie fort: „Es werden illegal Wetten abgeschlossen. Hier wettet man auf den Tod und gegen die Polizei."

Ihre Worte verfehlten ihre Wirkung nicht. Angewidert von dem Gedanken stand Meinders abrupt auf und straffte seinen Körper.

„Das ist das Widerlichste, das ich bisher gehört habe. Wissen Sie auch, wer und wo?"

Als Hannah nickte, schlug er beide Handflächen aufeinander und begann sie zu reiben. „Dann schauen wir uns diesen Typen doch mal an. Ich bin gerade in Stimmung."

Hannah erhob sich ebenfalls und warf ihren Müll in den Papierkorb. Meinders' Gesichtsausdruck ließ nichts Gutes erahnen.

„Es ist die Imbissbude am Erlengrund. Sie hat erst seit dieser Saison geöffnet. Wir müssen die ganze Deichpromenade bis hinters Hochhaus und über die Sandbank. Wollen wir Barne Hinrichs anfunken, dass er uns fährt?"

„Nein ... wir können auch einen Uniformierten hinschicken. Die können das auch alleine. Was hat Frau Bender eigentlich erzählt?"

Hannah war über die Reaktion verwundert. Sie fand, dass das Verhalten von Meinders ziemlich merkwürdig war. Sie schaute ihn eine Weile lang an und zuckte dann mit den Schultern.

„Sie konnte keine wichtigen Angaben machen. Ihr Mann hatte keine Feinde, niemanden, der ihm schaden wollte. Sie ist keine große Hilfe. Sie ist ohne ihren Mann ziemlich hilflos."

Meinders sah seine Kollegin fragend an.

„Sie hat ihr ganzes Leben auf ihren Mann eingestellt. Und jetzt, wo er tot ist, kann sie nicht einmal alleine Geld von der Bank holen. Furchtbar, wenn einem so etwas passiert."

Meinders musste ihr recht geben. Es war nicht gut, wenn man sich für den anderen aufgab. Man zog dabei immer den Kürzeren.

„Wir gehen ins Büro zurück und hoffen, dass die Berichte von der KTU endlich eingetroffen sind."

Er hatte den Satz noch nicht ganz ausgesprochen, als er seine Schrittgeschwindigkeit erhöhte. Hannah fiel es schwer ihm zu folgen. Bevor er jedoch die Station betreten konnte, hielt sie ihn auf.

„Chef, warten Sie!"

Meinders blieb stehen und drehte sich um.

„Was ist denn?"

Sie räusperte sich, holte ihren Taschenspiegel heraus und gab ihn Meinders.

„So wollen Sie doch nicht da reingehen?"

Meinders schaute fragend in den Spiegel und zuckte zusammen. Er hatte noch immer Mayonnaise im Gesicht.

Was für eine Blamage, wenn er so ins Büro gegangen wäre! Nicht auszudenken! Das Gelächter seiner uniformierten Kollegen wäre bis nach Hamburg hörbar gewesen. Er zog ein Taschentuch aus seiner Jackentasche hervor und wischte sich die Mayonnaise aus dem Gesicht. Er gab ihr den Spiegel zurück und drehte seinen Kopf hin und her.

„Na, alle Spuren beseitigt?"

Hannah konnte ein Lächeln nicht unterdrücken.

„Ja, jetzt ist alles in Ordnung!"

Die beiden betraten die Polizeistation, und eine angenehme Kühle empfing sie. Meinders ging in sein Büro, und Hannah folgte ihm. Die rote Mappe auf dem Schreibtisch enthielt den mit Spannung erwarteten KTU-Bericht. Ungeduldig las er ihn und schaute fragend auf. Dann reichte er ihn an Hannah weiter. Sie setzte sich auf einen Stuhl und begann zu lesen.

„Auf der Kleidung des Opfers wurden Rückstände gefunden. Nach gründlicher Untersuchung können wir sagen, dass es sich um mehrere Substanzen handelt. Auf der Hose des Toten wurden Bambusfasern von 30 mm und Zuschlagstoff sichergestellt. Dazu rot-weiße Fasern aus Baumwolle und synthetische Polymere."

Meinders gab einen Seufzer von sich. „Na großartig. Was soll uns das jetzt sagen?"

Hannah hatte ihm gar nicht richtig zugehört. Sie setzte sich an den PC und öffnete das Internet.

„Was suchen Sie denn?"

„Bambusfasern sind nicht überall zu finden. Also braucht man sie für ganz spezielle Dinge. Hier hab ich was. Bambusfasern besitzen die positive Fähigkeit, Wasser und Feuchtigkeit zu speichern, somit sind sie widerstandsfähiger gegen Verrottung und Verwitterung. Zuschlagstoff ist Sand, und Polymere ist Klebstoff. Nun müssen wir nur noch herausfinden, wo wir das alles zusammen finden können."

Meinders war ehrlich beeindruckt. Er hatte immer wieder Schwierigkeiten, diese Berichte zu lesen.

„Aber wo sollen wir anfangen zu suchen?"

Hannah musste ihm zustimmen. Es gab bestimmt Tausende von Möglichkeiten, wo diese Substanzen vorkommen würden. Ohne darüber nachzudenken, gab sie im Internet die ersten beiden Suchbegriffe zusammen ein. Sie glaubte nicht, dass sie einen Treffer landen würden, aber plötzlich zeigten sich mehrere Einträge, die eine Antwort parat hatten. Hannah schaute Meinders erstaunt an und drehte den Bildschirm herum.

„Sehen Sie sich das an: Bambusfasern und Sand werden als Reithallenboden benutzt. Aber wofür benötige ich rot-weißen Baumwollstoff und Polymere?"

Hannah seufzte tief. Jetzt war auch sie mit ihrem Latein am Ende. Meinders stand am Fenster und schaute auf die Straße. Kindergeschrei drang zu ihm herüber. Gegenüber der Polizei stand ein Mehrfamilienhaus, und er konnte in den Garten der unteren Wohnung sehen. Die Kinder planschten in ihrem Kinderpool und erfreuten sich an dem kühlen Nass. Sein Blick wanderte weiter zur Terrasse, und er sah den Rest der Familie einträchtig am Kaffeetisch sitzend. Die älteren Herrschaften saßen in einem Strandkorb, der ihnen Schutz vor der Sonne bot. Die Schattenmarkise war blau-weiß und tief gestellt. Plötzlich wusste er, was es mit dem rot-weißen Baumwollstoff auf sich hatte.

„Aber, natürlich ...", er drehte sich schnell zu seiner Kollegin um. „Es handelt sich um einen Strandkorb. Baumwollstoff und Klebstoff benutzt man zur Reparatur."

Hannah packte vor ihrem inneren Auge alle Teile zusammen und nickte zustimmend.

„Ich kenne nur einen Platz, der dann in Frage kommt. Die Strandkorbhalle von Friedhelm Berger."

Meinders wunderte sich nicht wirklich darüber. Das waren keine Zufälle mehr. Nur eins wunderte ihn dann doch. „Haben Sie die Halle nicht mit durchsucht, als Sie bei Berger waren?"

Hannah schüttelte den Kopf. „Der Durchsuchungsbefehl galt nur für das Haupthaus und die Stallungen, aber nicht für die Strandkorbhalle. Sie steht nicht auf seinem Gelände. Ich beantrage ihn sofort."

Sie verließ das Büro, und Meinders spürte ein seltsames Kribbeln im Bauch. Er wusste schon jetzt, dass sie dort noch mehr Hinweise finden würden. Hannah kam zurück und hatte den KTU-Bericht von dem zweiten Toten in der Hand.

„Die sind ja richtig schnell. Sehen Sie nur, auch bei Vogler hat die KTU dieselben Substanzen gefunden wie bei Bender. Wir sind auf dem richtigen Weg."

Meinders nickte zustimmend.

„Sobald der Durchsuchungsbefehl da ist, fahren wir los und schauen uns dort mal um. Besorgen Sie uns schon mal ein Auto."

Der Durchsuchungsbefehl ließ nicht lange auf sich warten, und die beiden Kommissare machten sich auf den Weg. Vesper wollte von unterwegs dazustoßen. Die Halle, in der die Strandkörbe überwinterten, befand sich hinter dem Erlengrund. Hannah fuhr langsam durch die engen Straßen und wieder kamen die Erinnerungen. Wie viele Ferienwohnungen sie gereinigt hatte, um sich ihr Studium zu finanzieren, wusste sie nicht mehr. So viele Gäste hatte sie kommen und gehen sehen. Nette und weniger nette, anstrengende und weniger anstrengende, Gäste mit viel und Gäste mit wenig Geld. Es kam ihr vor, als wäre es gestern erst gewesen.

Dann schreckte sie hoch.

„Was haben Sie gesagt?"

Er hatte geahnt, dass sie mit ihren Gedanken woanders war. Jedenfalls nicht auf der Straße.

„Ich habe Sie gebeten, auf die Straße zu sehen, wenn Sie Auto fahren. Wir können uns nicht noch mehr Tote leisten."

Es sollte eigentlich ein Scherz sein, aber Meinders hatte das Gefühl, dass sie das nicht so aufnehmen würde. Dann sah er, wie sich ein Lächeln auf ihr Gesicht schlich.

„Ich werde mich bemühen, unsere Quote nicht zu verschlechtern. Außerdem sind wir gleich da."

Sie zeigte ihm die Richtung an, und aus der Entfernung konnten sie Vespers Wagen an der Halle stehen sehen.

Sie parkte den Wagen und begrüßte ihn.

„Wartest du schon lange?"

Vesper schüttelte den Kopf und trank den letzten Schluck aus seinem Kaffeebecher hastig aus. Die Tür der Beifahrerseite öffnete sich, und Friedhelm Berger stieg aus. Als er Hannah erblickte, blieb er wie angewurzelt stehen.

„Sie schon wieder! Sie haben doch schon alles durchsucht. Was wollen Sie denn noch?"

Die Verbitterung in seinen Worten war nicht zu überhören. Meinders blickte von Berger zu Hannah und zurück. Wieder war da diese Abneigung, nein, schon fast Feindseligkeit seiner Kollegin gegenüber. Wenn er nur wüsste, was das alles zu bedeuten hatte. Aber er musste sich noch gedulden, noch waren die Würfel in diesem Spiel nicht gefallen, noch nicht.

Bevor Meinders einen weiteren Gedanken daran verschwenden konnte, kam ein Kleinbus an der Strandkorbhalle an. Die Kollegen von der Spurensicherung stiegen aus, packten ihre Koffer, und zusammen betraten alle Anwesenden die riesige Halle. Meinders hatte erwartet, dass diese vollkommen leer sein würde. In der hinteren linken Ecke waren Strohballen aufgeschichtet, und auf der rechten Seite standen große hölzerne Fässer. Im vorderen Teil standen ein alter Traktor und allerlei Maschinen. Und noch etwas anderes weckte die Neugier der Polizisten. Zwischen den ganzen landwirtschaftlichen Geräten stand ein Wagen. Jedenfalls vermuteten sie es, denn er war mit einer Plane bedeckt. Vesper wollte die Plane gerade von dem Wagen abziehen, als Berger aufschrie.

„Nein, bitte fassen Sie ihn nicht an! Der Eigentümer hat mich instruiert, niemanden an seinen Wagen zu lassen. Er soll sehr wertvoll sein."

Vesper warf einen Blick auf seinen Kommissar und zog vorsichtig die riesige Plane herunter.

„Wow!" Vesper war von den Socken. „Das gibt es ja nicht. Wissen Sie, was das ist? Das ist ein Cadillac 62, Modelljahr 1941. Ich glaube, ich träume!"

Meinders schaute ihn verwundert an. Dass Vesper solches Wissen besaß, war ihm neu.

„Wem gehört der Wagen?"

Meinders hatte sich zu Berger gewandt und wartete auf eine Antwort. Unruhig ging dessen Blick zwischen den Kommissaren hin und her. Trotzig schob er seine Hände in die Taschen.

„Nun, Friedhelm? Wie wäre es mit einer Antwort?"

Meinders bemerkte, wie Friedhelm Berger in sich zusammensackte.

„Er gehört Jochen Söller."

Hannah drehte sich herum und sah Berger ungläubig an.

„Jochen Söller, dem ehemaligen Bürgermeister? Der leistet sich so ein Auto? Sehr merkwürdig."

„Warum ist das so merkwürdig? Vielleicht ist er, wie unser Kollege hier", Meinders zeigte auf Versper, „ein Autofan und hat sich seinen Kindheitstraum erfüllt?"

Meinders zwinkerte ihr zu, und sein Blick fiel auf die Vorderfront des Wagens.

„Es ist wirklich ein schöner Wagen, wahrscheinlich auch sehr teuer, wenn man bedenkt, dass es sich um einen Oldtimer handelt."

Vesper hatte Schwierigkeiten, sich von diesem Prachtstück zu lösen.

„So wie er hier steht, dunkelblau, 8 Zylinder, 5,7 Liter, 150 PS, würde ich sagen, circa 100.000 Euro."

Meinders stieß einen leisen Pfiff aus. „Wow! Das ist eine Stange Geld."

Vesper warf einen letzten Blick auf den Wagen und legte die Plane wieder darüber, um seine Aufmerksamkeit der Durchsuchung der Halle zu widmen. Die Kollegen der Spurensicherung waren dabei, akribisch jedes Detail unter die Lupe zu nehmen. Aber es fand sich nichts, das auch nur annähernd an einen Tatort erinnerte. Friedhelm Berger hatte die ganze Zeit an der Seite gestanden und zugesehen, wie die Polizisten ihre Arbeit machten. Er war sich sicher, dass sie nichts finden würden. Er machte alle zwei Tage einen Kontrollgang, und ihm war nie etwas aufgefallen.

„Sie sehen doch, dass alles sauber ist. Können wir jetzt gehen?"

Meinders musste ihm recht geben. Nichts wies darauf hin, dass hier zwei Morde stattgefunden hatten.

„Es sieht so aus. Okay, wir rücken ab."

Er war nicht zufrieden mit dem Ergebnis und fluchte in sich hinein. Er sah Vesper, der am Wagen stand und zärtlich über die Plane strich. Doch wo war seine Kollegin? Meinders schaute sich um. Er hatte schon eine ganze Weile nichts mehr von ihr vernommen.

„Frau Claasen, wo sind Sie? Wir sind hier fertig."

Vesper stellte sich neben seinen Chef, und gemeinsam sahen sie zu, wie ihre Kollegin langsam um die Strohballen herum ging. Sie war so in Gedanken, dass sie ihren Chef nicht gehört hatte. Beide gingen näher heran und beobachteten sie dabei. Sie fasste die Strohballen an und versuchte sie zu schieben, was natürlich nicht funktionierte.

„Die sind aufgestapelt, da bewegt sich nichts!"

Meinders' Geduld ließ langsam nach. Was glaubte sie zu finden? Wieder versuchte sie einen Ballen zu schieben, und diesmal gab er nach. Da sie aber reichlich Schwung geholt hatte, fiel sie kopfüber hinterher.

„Vorsicht!"

Meinders und Vesper rannten zu ihr und halfen ihr auf die Beine. Durch ihren Schwung waren drei Ballen nach innen gerutscht und gaben den Blick frei auf einen Hohlraum.

„Hast du dir weh getan?", fragte Vesper besorgt und klopfte den Schmutz von ihrer Jacke.

„Nein, mir ist nichts passiert."

Der aufgewirbelte Staub legte sich langsam wieder, so dass man etwas erkennen konnte. Der Hohlraum war nicht sehr groß, vielleicht sechs oder sieben Quadratmeter. Was er enthielt, war viel wichtiger. Die Kollegen der Spurensicherung gingen hinein, um eventuelle Beweise zu sichern. Fest stand, dass hier die beiden Touristen ermordet worden waren, denn der oder die Täter hatten sich nicht die Mühe gemacht, das Blut zu beseitigen. Meinders hatte die ganze Zeit geschwiegen. Doch er war neugierig, wie seine Kollegin darauf gekommen war, die Strohballen zu bewegen.

„Woher wussten Sie das?"

„Wissen Sie, ich habe schon als Kind gewusst, dass die Ballen so gestapelt werden müssen, damit sie eine gewisse Stabilität haben. Aber zum Verstecken spielen sollte man immer einen kleinen Hohlraum lassen. Auf dieser Seite sind eine Menge Fußabdrücke zu finden, also bin ich davon ausgegangen, dass sich hinter diesen Strohballen ein solcher befindet."

Meinders war wirklich beeindruckt. Sie hatte eine gute Spürnase und einen Blick für Details.

„Sehr gute Arbeit."

Die drei Kommissare fuhren zur Dienststelle zurück und überließen den Profis das Feld. Vielleicht waren der oder die Täter sich so sicher, dass niemand ihr Versteck finden würde, dass sie ihre Fingerabdrücke zurückgelassen hatten.

Friedhelm Berger verstand die Welt nicht mehr. Erst verschwand sein Schlüssel vom Deichaufgang, dann wurde seine Frau verhaftet, weil die Polizei glaubte, sie habe einen Mann umgebracht, und nun fand man auf seinem Grundstück auch noch den Tatort. Das war zu viel.

15

Hannah war entsetzt, wie voll Büsum war. Wehmütig dachte sie an ihre Kindheit zurück. Da waren Familien da, Kurgäste, die im Kurmittelhaus ihre Anwendungen bekamen, und Tagesausflügler. Man lernte sich kennen über die Jahre. Doch jetzt war das alles vorbei. Büsum war voller Menschen, die aus reiner Sensationslust hierher kamen, und das Makaberste an der Sache war, dass es Geld in die Kassen brachte. Als die drei auf der Polizeistation eintrafen, wartete ein Fernsehteam auf sie und eine neue Schlagzeile des Holsteiner Tagesboten. Henning Clausen hatte sich von seinem Verhör erholt und wollte seinen Mitmenschen kundtun, was er Schreckliches erdulden musste. Meinders hatte keine Lust, diesen Schund zu lesen, zerknüllte die Zeitung und warf sie im hohen Bogen in den Papierkorb. Auch dem Fernsehteam gab er einen Korb.

„Zum jetzigen Zeitpunkt werde ich nichts über die Ermittlungen preisgeben."

Dann ging er in sein Büro und schlug die Tür zu.

Hannah war auf der Suche nach Barne Hinrichs. Eigentlich waren sie zum Essen verabredet.

„Martin, weißt du, wo Barne steckt?"

„Der ist unterwegs für den Alten ... ich meine für den Kommissar", fügte er mit einem entschuldigenden Lächeln hinzu.

Komisch, dachte Hannah. Doch sie hatte keine Zeit mehr, sich Gedanken zu machen. Meinders stürzte aus seinem Büro und winkte ihr.

„Wir haben einen Besuch zu machen!" Als Hannah nicht reagierte, fuhr er fort: „Wir werden mal dem ehemaligen Bürgermeister, Jochen Söller, auf den Zahn fühlen. Vielleicht hat er ja irgendetwas gesehen, als er sein Auto geputzt hat ..."

Meinders besah sich die Autoschlüssel und warf sie dann zu Hannah herüber.

„Sie fahren! Wenn ich fahre, landen wir wahrscheinlich irgendwo in Galapagos. Kennen Sie den Söller eigentlich persönlich?"

Hannah öffnete den Wagen und schüttelte den Kopf. „Ich weiß nur, dass er vor zehn Jahren das Amt des Bürgermeisters niedergelegt hat. Warum, weiß niemand so genau."

Die Kühle der Klimaanlage tat gut. Die Sonne brannte heiß und trocken vom Himmel, und der Wind hielt es nicht für nötig, mit einer leichten Brise das Wetter etwas erträglicher zu machen.

Es dauerte nur wenige Minuten, bis sie das Haus von Söller erreichten. Das Grundstück war riesig. Der Rasen stand, trotz des trockenen Wetters, in sattem Grün. Meinders fiel auf, dass der Garten in geraden Linien verlief. Die Beete waren kreisrund, so als habe jemand zum Anlegen dieser Pracht ein Lineal und einen Zirkel benutzt. Das Haus war weiß wie frisch gefallener Schnee. Meinders verzog sein Gesicht. Ob dieser Söller wohl auch ein Saubermann war? Er würde es gleich wissen. Hannah stand an der Gartenpforte und drückte auf die Klingel, als ein riesiger schwarzer Hund bellend ans Tor kam. Vor Schreck trat sie einen Schritt zurück.

„Sie dürfen keine Angst zeigen, meine Liebe!"

Weder Meinders noch Hannah hatten bemerkt, dass jemand sich genähert hatte. Hannah fühlte Meinders' Hand auf ihrem Rücken. Sanft schob er sie aus dem Weg.

„Bei so großen Hunden ist es schon angebracht, Vorsicht walten zu lassen. Sind Sie Jochen Söller?"

Wieder bellte der Hund tief und drohend. Der Mann hinter dem Gartenzaun nickte nur, hob kurz die Hand, und der Hund war still.

„Sie haben ihn gefunden. Darf ich fragen, wer Sie sind?"

Meinders passte die arrogante Art dieses Herrn überhaupt nicht. Es gibt einfach zu viele Menschen, die sich überschätzen, dachte er nur.

„Mein Name ist Meinders. Ich bin Hauptkommissar bei der Kriminalpolizei und ermittle in den beiden ... drei Mordfällen." Mit einem Blick auf Hannah sprach er weiter. „Meine Kollegin, Kommissarin Claasen."

Meinders beobachtete sein Gegenüber sehr genau. Doch es rührte sich kein Muskel in seinem Gesicht. Also setzte er nach: „Kommissarin Hannah Claasen. Sie ist von hier. Eigentlich müssten Sie sie kennen."

Hannah sah ihren Chef verwundert an. Wieso sagte er das? Wieder beobachtete Meinders den ehemaligen Bürgermeister Söller. Und diesmal bekam er eine Reaktion. Sie war nur sehr gering und wäre einem weniger erfahrenen Polizisten kaum aufgefallen. Er sah, wie Söller seinen Blick auf seine Kollegin richtete, und wie das linke Auge anfing zu zucken. Sie war ihm bekannt.

„Sind Sie Arndt Claasens Tochter?", fragte er heiser.

„Die bin ich."

Bevor Hannah weiterreden konnte, hörten sie einen Aufschrei vom Haus her. Eine großgewachsene Frau rannte über den Rasen und blieb vor dem Gartentor stehen.

„Hannah, bist du es wirklich? Ich hatte nicht gehofft, dich so schnell wiederzusehen!"

Sie riss die Pforte auf und fiel Hannah in die Arme.

„Mette, du? Ich verstehe nicht. Was machst du hier?"

„Was ich hier mache? Ich bin Jochens Ehefrau. Aber das wusstest du doch. Auf meiner Visitenkarte, die ich dir im Pesel gegeben habe, steht mein Name – Mette Söller."

Mit einem verständigen Blick schob sie Hannah in den Garten hinein. Meinders folgte ihr.

„Du musstest dich wohl vor den Avancen des Kurdirektors schützen? Ja, er kann sehr überzeugend sein, wenn er will. Komm wir setzen uns und trinken einen Kaffee."

Meinders ging mit Söller langsam hinter den Frauen her. Er verstand nicht, warum die immer so einen Aufriss machen mussten. Küsschen links, Küsschen rechts und dann immer dieses neck ... neck ... neck. Er würde die Frauen wohl nie verstehen.

Hannah fing den Blick von Meinders auf, und der erinnerte sie, warum sie eigentlich hier waren.

„Mette, entschuldige bitte, aber wir sind dienstlich hier."

Mette Söller schaute so, als hätte sie Hannahs Worte nicht verstanden. Dann hob sie die Kaffeekanne und goss Kaffee in die Tassen.

„Was meinst du mit dienstlich?" Fragend schaute sie von einem zum anderen.

Jochen Söller kam seiner Ehefrau zu Hilfe. „Aber meine Liebe. Frau Claasen ist doch Kriminalbeamtin. Sie und ihr Kollege ... Meinders untersuchen diese drei schrecklichen Morde. Ich weiß nur nicht, wie wir Ihnen da weiterhelfen können."

Meinders nippte an dem heißen Kaffee, und Hannah beobachtete ihn dabei. Sie wollte ihm nicht vorgreifen, also schwieg sie. Er ließ sich Zeit mit seinem Kaffee, bevor er den Söllers eine Antwort gab.

„Wir haben den wirklichen Tatort gefunden, und", er hüstelte leicht, „und ganz in der Nähe haben wir etwas gefunden, das Ihnen gehört, Herr Söller."

„Ach, wo wurden die armen Seelen denn ermordet? Und was haben Sie gefunden, das mir gehört?"

Nun war es Hannah, die antwortete: „In der großen Strandkorbhalle von Friedhelm Berger haben wir in den aufgestapelten Strohballen einen Hohlraum gefunden, groß genug für zwei bis drei Personen, in dem die Urlauber ermordet wurden. Die Spuren sprechen für sich."

Mette Söller presste vor Schreck eine Hand auf ihren Mund. Ihr Mann saß immer noch regungslos auf seinem Stuhl.

„In der Halle stand ebenfalls ein Oldtimer, ein Cadillac, der Ihnen gehört. Wir möchten jetzt natürlich wissen, ob Sie irgendetwas gesehen oder gehört haben, was uns weiterbringen kann."

Meinders' Körperhaltung hatte sich verändert. Er hatte sich gestrafft und seine Augen fest auf Jochen Söller gerichtet.

„Außerdem würden wir gern Ihre Fingerabdrücke haben und eine Speichelprobe zwecks Herstellung von Vergleichsfolien. Wir wollen ja nicht, dass Sie in Verdacht geraten, nur weil Sie Ihren Oldtimer geputzt haben ...", er machte eine kurze Pause, bevor er weitersprach, „ein wunderschöner Wagen übrigens."

Jochen Söller hob seine Kaffeetasse an und nickte zustimmend.

„Aber natürlich, Herr Kommissar. Ich helfe, wo ich kann. Soll ich zu Ihnen aufs Revier kommen?"

Hannah kannte Meinders inzwischen gut genug, um zu wissen, wie sehr ihm dieses Getue auf die Nerven ging. Irgendwie hatte sie das Gefühl, dass Söller nicht ganz ehrlich war. Nur begründen konnte sie es nicht.

„Das wäre außerordentlich nett von Ihnen, wenn Sie auf die Dienstelle kommen würden. Wir sagen Bescheid, dass Sie auch nicht lange warten müssen."

Hannah lächelte in sich hinein. Nicht nur Söller hatte Talent fürs Theater, auch ihr Kollege bewies schauspielerisches Können. Meinders setzte plötzlich seine Kaffeetasse ab und stand auf.

„Es hat mich gefreut, Sie kennengelernt zu haben. Und entschuldigen Sie bitte die Störung."

Dann ging er zurück zum Auto. Hannah verabschiedete sich hastig von ihrer Freundin und folgte ihm. Ihr war nicht ganz klar, was in seinem Kopf vorging. Sie stiegen ein, und Hannah schaute ihn fragend an.

„Der Mann ist so aalglatt, dass einem schlecht werden könnte. Und ich bin mir sicher, der Typ verbirgt irgendetwas. Ich bin mir nur noch nicht im Klaren, was."

Er musste jetzt eine rauchen. Er bat Hannah anzuhalten und stieg aus, zündete sich einen Glimmstängel an und inhalierte den Rauch mit Genuss. So konnte er sich besser konzentrieren. Hannah schaute gedankenverloren über die Felder. Sie lehnte sich ans Auto und reckte ihr Gesicht der Sonne entgegen. Nach ihren Aufenthalten in Großstädten war es schön, mal wieder Landluft zu schnuppern. Und die See tat das Übrige. Sie war zu Hause. Meinders schaute sie eine Weile an. Er überlegte die ganze Zeit, wann er die Gelegenheit nutzen sollte, mit ihr über das merkwürdige Verhalten von Jürgen Siebert zu sprechen. Vielleicht war jetzt dieser Augenblick?

„Sagen Sie, Hannah, was hatte Jürgen Siebert damit gemeint, als er sagte: ‚Du hast immer noch nicht begriffen, dass Neugierde auch unangenehm werden kann. Man merkt, dass du die Tochter deines Vaters bist.'"

Er sah, wie sie zusammenzuckte. Es schienen ziemlich schmerzhafte Erinnerungen zu sein.

Hannah seufzte tief und setzte sich ins Gras. Sie ballte die Hände zu Fäusten, und er sah, wie sie mit sich rang. Er setzte sich neben sie und wartete.

„Meine Mutter ist vor zehn Jahren von einem Auto erfasst und in den Straßengraben geschleudert worden. Der Fahrer hat sich aus dem Staub gemacht, ohne etwas zu unternehmen. Als man sie dann fand, war es zu spät. Sie war tot. Mein Vater wollte nicht glauben, nicht hinnehmen, dass sie nicht mehr da war, und begann Nachforschungen anzustellen. Aber jede Spur, die er hatte, verlief irgendwie im Sande. Es war alles ziemlich merkwürdig. Unterlagen verschwanden, es gab eine Hetzkampagne in den Zeitungen. Ich glaube, er hat viele Büsumer zu Unrecht beschuldigt. Dann drei Jahre später ist er ihr gefolgt. Sein Boot kenterte, und er wurde in St. Peter-Ording tot an Land gespült."

Sie musste sich zusammennehmen, dass sie nicht in Tränen ausbrach. Es machte sie immer noch traurig, wenn sie daran zurückdachte.

„Was wissen Sie über diese Hetzkampagne?"

„Die regionalen Zeitungen, allen voran der Holsteiner Tagesbote, versuchten das Andenken meiner Mutter in den Schmutz zu ziehen." Plötzlich kam ihr etwas in den Sinn. „Deshalb haben Sie mich auf Bergers Hof geschickt!"

Meinders war erstaunt, wie schnell ihr Verstand zu arbeiten schien.

„War Henning Clausen einer der Schreiberlinge, die über meine Mutter berichtet haben?"

Meinders brachte es nicht über sich, etwas zu sagen, deshalb nickte er nur.

„Ich habe versucht, es zu vergessen. Ich bin so weit weg wie möglich gegangen. Aber es zieht mich immer wieder hierher. Ich kann einfach nicht loslassen. Als dann der Befehl kam, mich bei Ihnen zu melden, wollte ich eigentlich nicht herkommen. Aber ..."

Meinders schaute sie mit einem Lächeln an.

„Was, aber ...?"

„Solange ich nicht genau weiß, was damals passiert ist, wird es mir überallhin folgen. Also muss ich, wie mein Vater damals, der Sache auf den Grund gehen."

Meinders nickte zustimmend. „Sie wissen, dass es einige Leute in Büsum gibt, die Sie nicht wirklich hier haben wollen. Wir sollten herausfinden, wieso."

Hannah schaute ihn überrascht an. „Was meinen Sie damit?"

„Ich bin fest davon überzeugt, dass die Morde irgendwie zusammengehören, und dass sie etwas mit Ihrer Vergangenheit zu tun haben. Was ich nicht weiß, ist, in welcher Weise die Pfade verschlungen sind. Uns fehlt die Gemeinsamkeit."

16

Dieter Bothmann war sauer. Das Date, das er mit Kommissarin Claasen hatte, war nicht so verlaufen wie geplant. Statt mit ihm zu plaudern, hatte sie, ganz Polizistin, immer wieder Fragen gestellt, dabei war er doch so charmant gewesen. Es wollte nicht in seinen Kopf. Plötzlich klopfte es an die Tür.

„Ja, was ist denn?"

Feldchen steckte ihren Kopf ins Büro.

„Bitte, Herr Bothmann, denken Sie an das Fernsehteam. Sie müssen noch in die Maske. Frau Hermanns ist auch schon da."

Richtig, dachte Dieter Bothmann, der Kabelsender wollte ein Interview machen, welches national ausgestrahlt werden sollte. Er rückte seinen Anzug zurecht und ging ohne einen Kommentar an seiner Sekretärin vorbei. Sie schaute ihm nach und seufzte schwer. Dann sah sie seinen Schlüssel auf dem Schreibtisch liegen. Wie vergesslich ihr Chef doch war. Ohne seinen Generalschlüssel ließ sich keine Tür öffnen. Also nahm sie sie vom Schreibtisch und rannte hinter ihm her. Sie erreichte ihn beim Durchgang zur Lesehalle. Sie sah, wie er hektisch in seinen Taschen wühlte und vor sich hin fluchte.

„Herr Bothmann, Sie haben Ihre Schlüssel vergessen."

Erleichtert drehte er sich um und legte ein feines Lächeln auf sein Gesicht. Ohne sie war er vollkommen aufgeschmissen.

„Danke, Feldchen. Was würde ich nur ohne Sie tun?"

Dann nahm er den Schlüssel, öffnete die Tür und verschwand. Der Weg zum kleinen Sitzungssaal führte ihn durch die Lesehalle. Es war ein sehr großer Raum mit riesigen Panoramafenstern zur Nordsee hin. Irgendwie erschien ihm der Raum heute etwas kleiner. Der Geräuschpegel war ziemlich hoch, und die Kollegin an der Theaterkasse hatte alle Hände voll zu tun. Langsam musste er sich eingestehen, dass seine Kollegin recht gehabt hatte. Diese schrecklichen Morde sind wirklich das Beste, was uns passieren konnte – marketingtechnisch, dachte er gerade und blieb wie angewurzelt stehen. Um Gottes willen! Ich bin auf dem besten Weg, genau so zu werden wie Jutta Hermanns. Kalt und berechnend. Er atmete tief ein und ging die letzten Schritte bis zum kleinen Sitzungssaal. Dort herrschte ein reges Treiben. Überall lagen Kabel herum, Leute liefen emsig hin und her, und bevor Dieter Bothmann sich versah, saß er in einem Stuhl und hatte das ganze Gesicht voller Puder. Jutta Hermanns war bereits fertig und blickte ihren Kollegen skeptisch an.

„Was machst du für ein Gesicht? Wir werden landesweit ausgestrahlt, und das kostenlos. Büsum wird in aller Munde sein. Du wirst sehen, diese Saison brechen wir alle Rekorde."

Er musste sich eingestehen, dass genau das Gegenteil von dem, was er befürchtet hatte, eingetroffen war. Trotzdem blieb ein bitterer Beigeschmack. Plötzlich fiel ihm sein misslungenes Date wieder ein und Hannahs Fragerei.

„Sag mal, Jutta, wo warst du eigentlich, als Siebert tot aufgefunden wurde? Dein Platz auf der Tribüne war leer."

Jutta Hermanns schaute ihn lange an und seufzte.

„Mir war nicht nach diesem Massenauflauf. Ich habe mich im Kurmittelhaus ein wenig entspannt. Dieses Sereil-Bad ist wirklich zu empfehlen. Solltest du auch mal probieren, dann bist du nicht so verkrampft."

Dieter Bothmann kannte Jutta Hermanns gut genug, um zu wissen, dass sie ihn anlog. Er lächelte sie an und nickte zustimmend, aber seine Neugier war geweckt. Vielleicht sollte er doch noch einmal mit Hannah darüber reden. Dann hatte er einen Grund, sie wieder auf einen Kaffee einzuladen. Das nächste Treffen wird aber bestimmt nicht wieder unter so vielen Menschen stattfinden, dachte er und merkte, wie sich seine Laune auf einmal besserte.

Ihr Fernsehauftritt war ein voller Erfolg. Der Bericht wurde zur besten Sendezeit ausgestrahlt und brachte Büsum einen wenn auch zweifelhaften Ruf ein.

Der nächste Morgen war sonnig und warm. Die Kommissare trafen sich wie jeden Morgen zum Frühstück im Hotel am Strand. Thema war natürlich die Ausstrahlung des Interviews mit Kurdirektor Bothmann und der Marketingleiterin Hermanns. Sogar Meinders musste sich eingestehen, dass die Berichterstattung des Fernsehsenders weder reißerisch noch schlecht recherchiert war. Es machte ihn verrückt, dass sie die Verbindung nicht herstellen konnten. Sie hatten so viele Puzzleteile, wussten aber nicht, mit welchem sie beginnen konnten. Es fehlte der entscheidende Hinweis, der Schlüssel sozusagen. Meinders fluchte vor sich hin.

„Das gibt es doch nicht. Wir haben Indizien ohne Ende, können aber nichts damit anfangen."

Hannah beschäftigte etwas ganz anderes. Sie stellte sich seit der Aussprache mit Meinders immer wieder dieselbe Frage.

„Warum glauben Sie, dass meine Vergangenheit etwas damit zu tun hat, dass hier gemordet wird?"

Vesper, der gerade einen Schluck Kaffee getrunken hatte, hätte sich um ein Haar verschluckt.

„Beruhigen Sie sich, Vesper. Ich habe Hannah gestern in unsere Geheimnisse eingeweiht. Sie weiß jetzt, warum ich sie bei der Vernehmung von Clausen nicht dabei haben wollte, und warum es besser war, allein zu Frau Siebert zu gehen."

Nervös klopfte er mit seinen Fingern auf den Tisch, als ihm plötzlich ein Gedanke kam. „Warum eigentlich nicht?"

Vesper und Hannah fragten wie aus einem Munde. „Wieso, was nicht?"

„Sie ist uns noch eine Antwort schuldig. Auf die Frage, warum sie wusste, dass ein Unheil passiert, hat sie uns keine Antwort gegeben. Das sollten wir schleunigst nachholen." Meinders wollte aufstehen, blieb aber sitzen, als er Hannahs Gesichtsausdruck sah. „Hannah, ist Ihnen nicht gut?"

Sie hörte ihn gar nicht. Sie war mit ihren Gedanken bei Tantchen Lohmann. Was hatte sie gesagt? Dieselben dunklen Schatten waren auch auf ihrem Kartenblatt. Sollte sie doch recht haben? Hannah glaubte nicht wirklich an das Kartenlegen und den ganzen Hokuspokus. Aber es waren doch ein paar Zufälle zu viel. Während sie noch in Gedanken versunken dasaß, legte Meinders seine Hand auf ihren Arm.

„Hannah, haben Sie gehört, was ich gesagt habe?"

Sie schreckte hoch und schaute ihn irritiert an.

„Hannah? Was ist Ihnen eingefallen?"

Sie schaute ihn mit großen Augen an und versuchte zu lächeln, was aber misslang.

„Das glauben Sie mir doch nicht!"

Er nahm seine Hand von ihrem Arm und schaute sie forschend an.

„Versuchen Sie es doch. Vielleicht erleben Sie eine Überraschung."

Also erzählte sie ihm von der Unterhaltung mit Tantchen Lohmann. Als sie geendet hatte, saßen Vesper und Meinders zunächst nur da und schwiegen.

„Ich habe Ihnen doch gesagt, dass Sie mir nicht glauben werden. Ich glaube ja selbst auch nicht an diesen Kram. Aber ..."

Sie stockte. Es ist dumm von mir zu glauben, dass Meinders sich darauf einlassen würde, dachte sie nur.

„Ich bin der Ansicht, dass es an der Zeit ist, diese Frau Lohmann mal kennenzulernen. Vielleicht hilft es uns ja weiter."

Vesper hatte ja schon viel erlebt, aber dass sein Chef sich auf so etwas einließ, war eine Premiere. Da er noch einige Befragungen durchzuführen hatte, gingen Meinders und Hannah allein. Schweigend schritten die beiden nebeneinander her. Wie auch gestern betätigte Hannah die große

Glocke an der Haustür. Sie warf einen schüchternen Blick zur Uhr. Es war gerade mal neun Uhr vorbei. Sie mussten sich auf ein Donnerwetter gefasst machen, wenn sie so früh am Morgen hier auftauchten.

„Wahrscheinlich schläft sie noch. Sie geht immer sehr spät ins Bett. Es ist vielleicht besser, ein andermal wiederzukommen."

Als die beiden sich zum Gehen wandten, öffnete sich die Tür einen Spalt, und ein zerzauster Haarschopf wurde sichtbar.

„Wer stört denn schon wieder zu nachtschlafender Zeit?"

„Oh, äh, hallo Tantchen! Ich bin es, Hannah. Ich habe meinen Chef mitgebracht und ..." Weiter kam sie nicht.

Die Tür wurde aufgerissen, und wenige Sekunden später saßen sie zusammen in der Küche. Meinders schaute sich verwundert um. All die Dinge, die es in diesem Haus gab, waren schon ein wenig verwirrend. Hannah hatte Tantchen inzwischen erklärt, warum sie hier waren.

„Es ist wichtig zu wissen, was du uns über die Sieberts sagen kannst."

Tantchen Lohmann seufzte schwer. „Eigentlich habe ich eine Art Schweigepflicht, aber bei so schrecklichen Geschehnissen kann ich ja mal eine Ausnahme machen. Ich möchte euch nur darum bitten, niemandem zu sagen, dass ihr die Informationen von mir habt. Verschwiegenheit ist das A und O in meinem Geschäft. Ihr versteht?"

Meinders nickte. Von ihm würde bestimmt niemand erfahren, dass er bei einer Kartenlegerin war, um sich Informationen zu seinen Mordfällen zu beschaffen. Tantchen Lohmann schaute ihn durchdringend an.

„Zu niemandem ein Wort. Ich verspreche es."

Meinders hob sogar noch die Hand zum Schwur. Hannah konnte sich ein Grinsen nur schwer verkneifen.

„Also gut! Helga Siebert kam vor ungefähr einem Monat und erzählte mir, dass ihr Mann sich verändert hätte. Er sei unruhig, schreckhaft und dann wieder aggressiv und ungerecht. Zuerst vermutete sie eine andere Frau hinter allem, dann aber etwas anderes."

„Warum dachte sie an eine andere Frau?"

„Wegen der heimlichen Telefonate und Treffen. Sie hat mir erzählt, dass Jürgen Siebert immer öfter länger im Büro war, dass es Extrasitzungen gab wegen der rückläufigen Vermietungen und Ähnlichem. Da lag für sie der Verdacht nahe, dass er sich mit einer anderen Frau traf. Also hat sie mich gebeten, die Karten für sie zu legen. Das habe ich ja dann auch getan." Ihr Gesicht verfinsterte sich, und ihre Mundwinkel zuckten. „Und ich wünschte, ich hätte es nicht getan."

„Was ist dann passiert?"

Hannah wollte den Redefluss nicht versiegen lassen. Tantchen Lohmann atmete tief ein, und man erkannte, dass sie Schwierigkeiten hatte, weiterzureden.

„Ich legte ihr die Karten für ihren Mann. Es war das düsterste Kartenblatt, das ich je gesehen habe. Dunkle Schatten der Vergangenheit und Schuld, die er auf sich geladen hatte, raubten ihm den Schlaf. Unheil, das näher kam und sich über ihn legte wie ein Schleier. Und der Tod ..." Die letzten Worte flüsterte sie nur. Meinders hatte ruhig zugehört und versuchte sich einen Reim auf das Ganze zu machen.

„Was meinten die Karten mit der Schuld?"

Tantchen sah ihn an und gab ihm ihre Antwort mit Bedacht. „Wissen Sie, Herr Kommissar, die Karten sind ein Richtungsweiser, wie Verkehrsschilder. Sie sagen uns nicht, morgen um neun Uhr hast du Kopfschmerzen, sondern sie geben Hinweise. Sie zeigen uns Möglichkeiten.

Das Kartenblatt von Jürgen Siebert allerdings führte direkt in den Tod."

Meinders empfand ihre Aussage als sehr theatralisch.

„Und was mich besonders beunruhigt, ist, dass das Kartenblatt von Hannah genauso dunkle Schatten aufweist."

Hannah zog scharf die Luft ein und schüttelte den Kopf, doch Meinders ließ sich nicht beirren.

„Was meinen Sie damit?"

Tantchen Lohmann zögerte einen Moment, weil Hannah sie beschwörend ansah.

„Dieselben dunklen Schatten finden sich auch in ihrem Kartenblatt ..."

„Und sie haben etwas mit ihrer Vergangenheit zu tun ...", beendete Meinders den Satz für sie.

Tantchen Lohmann nickte nur. Meinders warf Hannah einen Blick zu, den sie nicht deuten konnte.

Kurze Zeit später waren die Kommissare auf dem Weg zu Helga Siebert. Meinders war sich nicht wirklich im Klaren, was er davon halten sollte. Doch die Warnung von Tantchen Lohmann, gut auf Hannah aufzupassen, würde er beherzigen.

Als Helga Siebert die Tür öffnete, fiel ihr Blick auf Hannah. Sie zuckte merklich zusammen. Ohne etwas zu sagen, machte sie den Weg ins Haus frei. Im Wohnzimmer saß Meinders wieder auf dem schweren Ledersofa. Frau Siebert stand am Fenster und starrte hinaus. Hannah wollte ihr Beileid aussprechen, als Helga Siebert sie unsanft unterbrach.

„Sparen Sie sich das! Was wollen Sie hier? Haben Sie noch nicht genug angerichtet?"

Bevor Hannah etwas erwidern konnte, mischte Meinders sich ein. „Warum erzählen Sie uns nicht, was wirklich mit Ihrem Mann los war? Sie wussten doch, dass etwas passieren würde, also geben Sie nicht anderen die Schuld daran."

Er verlor langsam die Geduld. Unschlüssig ging Helga Siebert auf und ab. Man konnte ihre Nervosität fast körperlich spüren.

„Ich weiß auch nicht, was es war, das ihn nicht ruhen ließ. Es begann alles vor zehn Jahren, als ... als ihre Mutter gestorben ist." Sie warf Hannah einen finsteren Blick zu.

„Sie waren doch so gute Freunde. Und auf einmal war alles vorbei. Arndt verdächtigte fast jeden in Büsum, am Tod seiner Frau schuld zu sein, sogar meinen Mann. Können Sie sich das vorstellen? Ausgerechnet meinen Mann. Er war sein Freund. Sie haben so viel Zeit miteinander verbracht, und dann geht Arndt davon aus, dass mein Mann etwas ..." Sie konnte die Vorstellung nicht ertragen. Tränen rannen über ihre Wangen. Beschämt wandte sie sich ab.

„Wie ging es weiter?", fragte Meinders.

Sie schluchzte und wischte sich die Tränen weg.

„Als Arndt dann drei Jahre später ertrunken ist, kehrte endlich ein wenig Ruhe ein. Mein Mann hat sehr unter dem Verlust gelitten. Vor ungefähr vier Wochen ging dann alles wieder von vorne los."

Sie verstummte und weinte leise in ihr Taschentuch. Meinders gab ihr einen Moment, um sich zu fassen.

„Was ist vor vier Wochen wieder losgegangen?"

Helga Siebert erschauderte. Den Blick starr auf die Kommissare gerichtet, rang sie um ihre Fassung. Als sie dann sprach, klang ihre Stimme irgendwie blechern.

„Die ... Albträume ... und ... die Angst, diese verdammte Angst."

17

Hannah hatte sich am Nachmittag mit Mette verabredet.

Sie konnte immer noch nicht verstehen, warum Mette Söller geheiratet hatte. Immerhin war er 28 Jahre älter. Allerdings war er ein wohlhabender Mann und auf dem Weg in die große Politik. Wenn man bedenkt, dass sie als Teenager die Freundin von Rolf Berger war und jetzt die Frau eines Politikers ... das war schon ein Aufstieg in die Oberliga. Trotzdem, an den Gedanken musste sie sich erst einmal gewöhnen. Rolf! Was wohl aus ihm geworden ist, dachte sie, gerade als sie in die Straße der Söllers einbog. Sie sah noch die hochgewachsene, kräftige Gestalt, die durch das Tor ging. Es sah fast so aus, als schlich sich jemand davon. Der Typ war so vermummt, dass kein Gesicht zu erkennen war, und das bei den heißen Temperaturen. Nachdenklich stieg sie aus dem Auto und fasste die Gartenpforte an. Sie vernahm ein tiefes Knurren und erinnerte sich an den großen Hund. Erschrocken wich sie einen Schritt zurück. Diese verdammte Töle hatte sie völlig vergessen. Komisch nur, dass der Hund eben nicht gebellt hatte, als dieses „Nachtschattengewächs" das Grundstück verließ. Was geht's mich an, überlegte sie kurz und versuchte an dem Hund vorbeizukommen.

„Na, mein Schöner? Lässt du mich mal durch?"

Die kleinen bernsteinfarbenen Augen hatten sie fest im Visier, und die Lefzen hoben und senkten sich. Hannah hatte keine Lust, mit diesen Hauern Bekanntschaft zu machen, also rief sie über den Rasen: „Mette? Hallo, ich bin's. Würdest du bitte den Hund zurückpfeifen?"

„Brutus! Geh in deine Ecke, und sei still!"

Der Hund schaute sein Frauchen an und trollte sich.

„Entschuldige bitte, aber Jochen möchte nicht, dass er angebunden wird. Furchtbar, er lässt niemanden aufs Grundstück."

Während Mette noch mit Brutus beschäftigt war, dachte Hannah über die Aussage nach. Der Typ von eben war ohne Schwierigkeiten an dem Hund vorbeigekommen. Ihre Neugierde war geweckt.

„Aber da ist doch gerade eben jemand durch das Tor auf die Straße gegangen, und der Hund hat nicht gebellt."

Mette sah sie erstaunt an.

„Wirklich? Aber hier war niemand. Das hätte ich doch sehen müssen, und wie gesagt, Brutus lässt niemanden durch. Nur wenn wir es erlauben."

Hannah war sich sicher. Sie hatte sich nicht geirrt. Als Mette ihren skeptischen Gesichtsausdruck sah, musste sie lachen.

„Vielleicht solltest du nicht immer wie eine Polizistin denken. Sonst siehst du nur noch Verschwörungen um dich herum."

Sie hakte sich bei Hannah ein, und gemeinsam gingen sie auf die Terrasse.

„Ich habe uns Cappuccino gemacht. Den mochtest du doch immer so gerne. Und dann lass uns über die alten Zeiten reden. Du musst mir alles erzählen. Wo du überall warst, wen du kennengelernt hast."

Hannah hatte inzwischen Platz genommen, und ein breites Grinsen lag auf ihrem Gesicht.

„Was denn? Warum lachst du?"

Hannah hatte das Gefühl, wieder ein Teenager zu sein.

Schon damals war Mette die Neugierde in Person. Daran hatte sich nichts geändert. „Ich stelle gerade fest, dass sich in zehn Jahren nichts verändert hat. Die Menschen sind immer noch dieselben."

Mette brauchte einen kurzen Moment, um die Anspielung zu verstehen.

„Oh, du hast dich auch nicht verändert. Du bist nur noch klüger geworden. Polizistin! Warum ausgerechnet Polizistin? Das musst du mir erklären ..."

Keiner der beiden bemerkte, wie die Zeit verrann, als Hannah einen Blick auf ihre Armbanduhr warf.

„Oh je, schon so spät? Ich muss langsam gehen."

Mette zog die Mundwinkel herab. „Musst du wirklich schon?"

Hannah kannte die Masche noch von früher, aber auch heute ließ sie sie kalt.

„Ich muss noch arbeiten. Immerhin haben wir drei Morde zu klären. Tut mir leid. Wir können uns ein anderes Mal wieder treffen."

Hannah drückte Mette zum Abschied an sich und ging über den Rasen zurück zu ihrem Auto. Sie hatte das Gefühl, beobachtet zu werden. Sie blieb an der Gartenpforte stehen und drehte sich um. Jochen Söller stand vor der Garage und wischte sich die Hände an einem Lappen ab, sein Blick fest auf sie gerichtet. Meinders hat recht, dachte sie, dieser Söller hat etwas zu verbergen, und er versucht mir Angst zu machen.

Einige Sekunden hielt sie dem Blick noch stand, dann ging sie weiter und musste sich eingestehen, dass er Erfolg damit hatte. Wieder kam ihr Tantchen Lohmanns Warnung in den Sinn. Sie sind gefährlich.

Meinders saß an seinem Schreibtisch und war tief in Gedanken versunken, als es an der Tür klopfte. Ohne eine Antwort abzuwarten, wurde sie geöffnet, und Barne Hinrichs stand im Büro. Meinders schaute ihn überrascht an.

„Barne, was ist denn los? Sie sehen aus, als hätten Sie ein Gespenst gesehen."

Als Barne Hinrichs nicht antwortete, wurde Meinders hellhörig. Er sah, wie aufgewühlt sein Kollege war, und bot ihm einen Platz an.

„Sie sind ja völlig aus dem Häuschen. Beruhigen Sie sich erst einmal, und dann erzählen Sie mir, was Sie rausgefunden haben."

Meinders zündete sich eine Zigarette an und reichte Barne Hinrichs die Schachtel. Der lehnte dankend ab, griff aber zur Kaffeekanne. Meinders ging zur Tür, rief nach Vesper und setzte sich zurück an seinen Schreibtisch. Dieser kam ins Büro und nahm, neugierig geworden, Platz.

„Also, Barne, was haben Sie herausgefunden?"

Barne Hinrichs schaute sich suchend um und atmete schwer aus. „Hannah ist nicht da?"

Als Meinders den Kopf schüttelte, fuhr er fort: „Also, ich habe versucht, die alten Akten zu finden. Das war nicht leicht, aber ich hatte Erfolg." Er öffnete seine Aktentasche und holte zwei Mappen heraus.

„Die ist von der Fahrerflucht und die andere von dem Schiffsunglück. So wie es aussieht, fehlt nichts. Auf den ersten Blick jedenfalls ..."

Er schaute die beiden Kommissare an.

„Sie wollen doch nicht behaupten, dass an den Berichten manipuliert wurde?"

Als Barne Hinrichs nickte, riss Vesper seine Augen weit auf, und Meinders hielt die Luft an.

„Genau das will ich damit sagen. Auf den ersten Blick ist alles in Ordnung. Auf den zweiten allerdings nicht. Nehmen wir den Fall von Hannahs Mutter. Es gibt Ungereimtheiten bei den Uhrzeiten. Der Bericht der KTU ist nachträglich verändert worden. Es ist nur die Frage, von wem. Ich kann mir nicht vorstellen, dass ein Polizeibeamter seine Finger im Spiel hatte. Wenn das herausgekommen wäre, hätte derjenige einpacken können."

Meinders atmete schwer. In welches Wespennest hatten sie bloß gestochen? Dann fiel ihm etwas ein.

„Sie haben gesagt, dass der KTU-Bericht geändert wurde. Wie wurde er verändert?"

Barne Hinrichs klappte die Mappe auf und suchte ihn heraus. Es dauerte eine Weile, bis er die richtige Stelle gefunden hatte.

„Sehen Sie hier. Man fand Lacksplitter an der Leiche und an einem Verkehrsschild. Zuerst habe ich es überlesen, aber schauen Sie mal genau hin. Hier steht: grau. Jemand hat die ersten zwei Buchstaben verändert. Vorher stand da blau."

Sein Finger klopfte immer wieder auf die Stelle. Vesper und Meinders sahen sich an.

„Und der zweite Fall. Arndt Claasen. Was haben Sie da gefunden?" Meinders konnte nur krächzen.

„Eigentlich nicht so viel. Die Leiche wurde natürlich obduziert. Man fand am hinteren Bereich des Schädels einen Bruch. Der Gerichtsmediziner kann nicht mit Gewissheit sagen, ob er beim Kentern des Schiffes mit dem Kopf irgendwo gegen geprallt ist oder durch Fremdeinwirkung. Die Möglichkeit besteht, aber es war nicht eindeutig feststellbar."

Barne Hinrichs klappte die Mappe zu und sah sich um. Er erwartete jeden Moment, dass Hannah zur Tür hereinkam. Meinders konnte sich vorstellen, dass ihm das unangenehm war.

„Sie ist bei Jochen Söllers Ehefrau. Die beiden kennen sich von früher."

Barne Hinrichs nickte und entspannte sich ein wenig. Vesper hatte die ganze Zeit geschwiegen, doch plötzlich fiel ihm etwas ein.

„Sag mal, Barne, dieser Söller, wie gut kannte der eigentlich den Siebert?"

Meinders Kopf wirbelte herum. Erstaunt blickte er seinen Kollegen an. „Aber natürlich, das wäre eine Möglichkeit."

Barne Hinrichs verstand überhaupt nichts mehr und schaute irritiert von einem zum anderen.

„Natürlich kannten sich die zwei und Arndt. Sie waren mal befreundet, bis Arndt seine Frau kennengelernt hat. Man sagt, dass Söller eigentlich Hannahs Mutter heiraten wollte, aber von ihr abgewiesen wurde. Danach war mit der Freundschaft Schluss. Aber worauf wollen Sie eigentlich hinaus?"

Barne Hinrichs wartete auf eine Antwort. Doch weder Meinders noch Vesper wollten ihm jetzt eine geben. Sie hatten noch viel zu tun. Sie steckten ihre Köpfe zusammen, wie bei einer Verschwörung, griffen sich ihre Unterlagen und ließen einen völlig desorientierten Polizeibeamten zurück. Kopfschüttelnd verließ er hinter ihnen das Büro. Meinders hatte das Gefühl, dass sich langsam die Puzzleteile zusammenfanden. Er hatte Vesper auf eine Fährte geschickt und wusste, wenn es etwas zu finden gab, er würde es finden. Andererseits verspürte er so ein komisches Kribbeln im Nacken. Meistens war das kein gutes Zeichen. Die Warnung von Hetty Lohmann fiel ihm wieder ein. Sollte Hannah wirklich in Gefahr sein? Wie sollte er sie schützen? Festbinden konnte er sie schlecht. Das würde ihm auch nicht gut bekommen. Er warf einen Blick auf die Wanduhr. Eigentlich sollte sie schon lange wieder hier sein. Typisch Frau. Immer dieses Getratsche. Furchtbar!

Vesper kam zurück von seinen Recherchen. Meinders war überrascht, wie schnell das ging. Aber im Zeitalter der Computer war ja bekanntlich alles möglich.

„Was haben Sie rausgefunden?"

„Ich weiß inzwischen, dass Söller den Cadillac im März 1999 gekauft hat. Der Unfall mit Hannahs Mutter ereignete sich im Mai 1999. Ein Freund von mir versucht gerade herauszufinden, ob Ersatzteile für dieses Modell gekauft wurden. Wenn ja, von wem. Und wenn sein Name in der Liste auftaucht, haben wir ihn am Wickel. So schnell windet er sich dann da nicht raus."

Meinders seufzte. „Ja, dann wissen wir, dass er die Mutter unserer Kollegin überfahren hat oder dabei gewesen sein muss. Fahrerflucht ist aber nach fünf Jahren verjährt. Bei Mord allerdings sieht das anders aus. Nur wie finden wir raus, was vor zehn Jahren auf dieser verlassenen Landstraße passiert ist? Und was mich am meisten interessiert, ist: Was hat die Fahrerflucht mit unserem Touristenmörder zu tun? Verdammt, ich weiß, dass es eine Verbindung gibt."

Hannah hatte den Abend allein verbracht und war früh schlafen gegangen. Plötzlich wurde sie durch das Schrillen des Telefons aus dem Schlaf gerissen. Stöhnend drehte sie sich um und griff zum Hörer, dabei warf sie einen Blick auf ihren Wecker. Es war gerade vier Uhr durch.

„Hallo! Ich hoffe, dass es wichtig ist."

Am anderen Ende hörte sie aufgeregtes Stimmengewirr.

„Hannah, bist du wach? Hier ist Barne. Wir haben wieder einen Toten. Komm bitte schnell zum Ankerplatz. Vorne, wo die Kartenhäuschen stehen."

Es tutete in der Leitung. Barne hatte aufgelegt. Hannah brauchte einige Sekunden, um den ganzen Umfang des Telefonats zu begreifen. Dann schoss sie aus dem Bett und zog sich in Windeseile an. Dabei gingen ihr viele Dinge durch den Kopf. Was würde sie erwarten? Wie war die Leiche zugerichtet? Komm, mach dich nicht verrückt, dachte sie nur und öffnete ihre Haustür. Der Morgen brach an. Die Sonne ließ ihre Strahlen schon sanft den Boden berühren und würde schon bald den Morgen in ein herrliches Orange tauchen. Es ging ein leichter Wind, und die Vögel zwitscherten vergnügt. Da um diese Zeit nicht viel Verkehr herrschte, erreichte Hannah den Ankerplatz ohne Probleme. Ihre Kollegen waren schon vor Ort und warteten auf ihre Ankunft.

„Guten Morgen, alle miteinander. Was haben wir denn?"

Sie warf einen Blick auf die Krabbenkutter. Es war an der Zeit, auszulaufen. Dann fiel ihr Blick auf ein Holzschiff, genannt „Die steife Brise". Dieses Schiff war bekannt für seine wunderschöne Galionsfigur, eine Meerjungfrau. Doch statt der bekannten Meerjungfrau prangte am Bug des Schiffes eine nackte Frauenleiche.

Die Leute von der Spurensicherung versuchten gerade, den Frauenkörper vorsichtig abzuschneiden, damit der Gerichtsmediziner sie untersuchen konnte. Dr. Behrends stand mit seinem Koffer in Warteposition.

„Warum suchen sich die Leute immer eine so unchristliche Zeit aus, um ihre Toten zu drapieren? Warum nicht gegen Mittag? Das wäre für alle Beteiligten das Beste."

Meinders stand da und gähnte. Viel Schlaf hatte er noch nicht gehabt. Sein lichtes Haar stand in alle Himmelsrichtungen ab, und er hatte in der Eile seine Jacke falsch zugeknöpft. Markus Vesper hatte wohl in seinen Klamotten geschlafen, so zerknittert, wie sie waren. Zu allem Übel kam noch hinzu, dass die Krabbenkutter nicht auslaufen durften. Die Kollegen von der Wasserschutzpolizei hatten die Schleuse schließen lassen, damit keiner in die Nordsee verschwinden konnte. Vielleicht hatte der eine oder der andere doch etwas bemerkt, was für die weiteren Ermittlungen hilfreich sein konnte. Immer wieder zogen Wortfetzen zu ihnen herüber. Auch wenn sie die Fischer nicht verstehen konnten, wussten sie, dass es keine Höflichkeiten waren.

Die Tote wurde vorsichtig auf den Boden gelegt, und der Doktor machte sich sofort an die Arbeit. Hannah erschauderte. Sie würde sich nie an den Anblick gewöhnen. Trotz der frühen Morgenstunde hatten sich einige Touristen sowie Einheimische eingefunden. Auch daran würde sie sich nie gewöhnen können, an Besucher, die sich an menschlichen Katastrophen nicht sattsehen konnten. Wie nannte man das noch? Adrenalinkick! Hannah versuchte ihre Gedanken in andere Bahnen zu lenken. Langsam kamen sie ins Schwimmen. Wenn sie nicht bald eine richtige Spur haben würden …

Dr. Behrends brauchte nicht viel Zeit für die Tote.

„Offenbar war es dem Täter zu langweilig, immer nur Männer zu ermorden. Vielleicht brauchte er ein bisschen Abwechslung."

Meinders warf ihm einen bösen Blick zu. Gerade als er den Doktor zurechtstutzen wollte, sah er, wie dieser langsam und vorsichtig über den Kopf der Toten strich.

„Tja, mein Mädchen. So hast du dir das nicht vorgestellt, nicht wahr? Dein Leben hat noch nicht mal richtig angefangen, und schon ist es zu Ende", flüsterte er.

Als er sich dann erhob, trafen sich ihre Blicke, und Meinders knurrte leise in sich hinein, während er ihm zunickte. Die Situation bedurfte keiner Worte. Der Doktor nahm seine Tasche und warf einen langen Blick auf Meinders.

„Den Bericht bekommen Sie so schnell wie möglich."

Meinders nickte, und seine Aufmerksamkeit wanderte zurück zu seinen Kollegen.

„Langsam habe ich das Gefühl, hier spielt einer Katz und Maus mit uns. Das finde ich überhaupt nicht witzig. Haben wir irgendwelche Anhaltspunkte, Fingerabdrücke oder andere Spuren?"

Vesper kletterte gerade vom Schiff, als er zwischen einigen Holzbohlen, die neben dem Kartenhäuschen aufgestapelt waren, etwas Glitzerndes liegen sah. Es war eine kleine Rolle Draht, die er der Spurensicherung übergab.

„Nein, bisher nichts", antwortete er und wischte sich die Hände ab. Hannah stand am Hafenbecken und schaute mit verschränkten Armen nachdenklich auf die bewegungslose, leuchtende Wasseroberfläche.

„Hannah, ist alles in Ordnung?"

Als sie nicht antwortete, berührte er sie leicht am Arm. Da sie so in ihre Gedanken versunken war, schreckte sie auf.

„Was ist? Was hast du gesagt?"

Vesper strich ihr kurz über den Arm.

„Ich wollte wissen, ob alles in Ordnung ist. Dein Gesichtsausdruck machte mir Sorgen."

Hannah lächelte ihn an und legte ihre Hand auf die seine.

„Danke! Mir geht es gut. Ich habe nur gerade darüber nachgedacht, warum die Leichen so spektakulär drapiert werden. Der Tote im Strandkorb, der Kopf, der aus dem Sand herausragt, Jürgen Siebert bei der Eröffnungszeremonie und jetzt hier die Frau als Galionsfigur. Entweder ist der Mörder dumm oder sehr klug."

Meinders zog seine Augenbrauen hoch und sah sie fragend an. „Worauf wollen Sie hinaus?"

Hannah dachte kurz nach. „Wenn ich morde, versuche ich, so wenig Aufmerksamkeit wie möglich zu bekommen. Unser Täter macht genau das Gegenteil. Er hat die Aufmerksamkeit des Ortes, der Medien und ... Oh mein Gott!" Hannah hatte plötzlich eine Eingebung, die ihr den Atem raubte.

Vesper packte sie am Arm.

„Hannah, was hast du denn?"

Meinders sah sich um und entdeckte in unmittelbarer Nähe eine Bank. Er sorgte dafür, dass sie sich setzen konnte und sah väterlich auf sie herab.

„So, Mädchen, lassen Sie uns an Ihren Gedanken teilhaben!"

Hannah brauchte einige Minuten, um sich zu erholen.

„Was ist, wenn der Täter mit Absicht die Toten so hinlegt, damit er die Aufmerksamkeit bekommt?"

Meinders setzte sich neben sie und zündete sich eine seiner geliebten Glimmstängel an.

„Und warum sollte er das tun?"

„Weil es Geld in die leeren Kassen bringt!"

Meinders hüstelte, und Vesper glaubte, er hätte sich verhört.

„Jutta Hermanns von der Kurverwaltung hat selbst gesagt, dass es marketingtechnisch das Beste ist, was Büsum je passieren konnte."

Die beiden Männer sahen sich an, waren aber immer noch skeptisch.

„Barne hat im Spaß gesagt: ‚Braucht ein Ort Gäste, dann bring jemanden um, und du bekommst sie!' Von Astrid Franke weiß ich, dass sie kaum noch Betten frei hat. Genauso wie bei allen anderen Agenturen und der Kurverwaltung."

Hannah wagte nicht, ihre Kollegen anzuschauen. Zu groß war die Angst, dass sie sie auslachen würden. Doch zu ihrer Überraschung lachte keiner. „Seht euch die Geschäfte an. Sie sind voll bis unters Dach. Und sogar der Kurdirektor hat eingestehen müssen, dass Büsum noch nie so viele Gäste hatte. Es wurden sogar Wetten abgeschlossen, ob wir den Täter fassen oder nicht, und wie viele Tote es geben wird."

Je mehr Hannah darüber nachdachte, desto unsicherer wurde sie. Wahrscheinlich gehen die Pferde mit mir durch, dachte sie.

Da keiner antwortete, schaute sie ihre Kollegen irritiert an. Meinders sah nachdenklich vor sich hin. Ihr Einwand hatte was für sich.

„Also gut, gehen wir davon aus, dass Sie recht haben und in Büsum jemand mordet, um den Ort mit Katastrophentouristen zu füllen. Wer käme da in Frage?"

Er schaute sich in alle Richtungen um. Niemand sollte ihrem Gespräch lauschen können.

„Nun, wen würden Sie in die Liste der Verdächtigen eintragen?"

Hannah überlegte kurz, bevor sie leise einen Namen aussprach. „Ich bin für Jutta Hermanns. Sie ist eiskalt und berechnend. Ihr würde ich so einen Plan zutrauen."

Meinders nickte, und Vesper räusperte sich.

„Der Kurdirektor ist aber auch mit von der Partie. Ich glaube, er ist hinter seiner Fassade mit allen Wassern gewaschen."

„Was ist mit Jürgen Siebert?", fragte Hannah.

„Auch als Vorsitzender des Vermietervereins hat er ein reges Interesse daran, dass Büsum mit Touristen gefüllt ist. Haben die Vermieter nicht genug Gäste, geht es ihm an den Kragen."

Vesper schüttelte den Kopf, während er darüber nachdachte.

„Keiner von denen hat so viel kriminelle Energie und vor allem den Mumm, einen Mord zu begehen. Dafür kommt nur jemand in Frage, der schon einiges in dieser Richtung auf dem Kerbholz hat. Sonst kann ich mir das nicht vorstellen."

Meinders schnippte seine Zigarette weg und stand auf. „Uns fehlen einfach genug Hinweise. Sonst können wir jeden Geschäftsmann in Büsum verdächtigen, daran beteiligt zu sein. Weil sie alle von den Morden profitieren. Aber ganz von der Hand zu weisen, ist die Überlegung nicht. Was uns fehlt, sind die Beweise."

Vesper hob seine Hand und stutzte. „Da fällt mir ein, was Henning Clausen gesagt hat. Ihm wurde doch ein Brief in die Redaktion geschickt, der auf den zweiten Mord hinwies. Da hat jemand eindeutig die Medien benutzt, um den Mord an Vogler publik zu machen. Somit könnte die Theorie von Hannah schon stimmen."

Meinders' Gedanken kreisten um die Aussagen seiner Kollegen, aber irgendwie konnte er nicht nachdenken. Sein Magen knurrte und verlangte nach einem heißen Becher Kaffee. Hannah musste schmunzeln, als sie ihn mit seinem finsteren Gesicht so dastehen sah. Sie wusste genau, was er jetzt brauchte. Ein schönes deftiges Frühstück. Genau wie sie und Vesper. Da es gerade erst sechs Uhr durch war und im Ort noch kein Restaurant geöffnet hatte, lud sie die beiden zu sich nach Hause ein.

Als Dieter Bothmann ins Büro kam, war der neue Mord schon in aller Munde. Auch wenn es Büsum die benötigten Touristen brachte, fühlte er sich nicht wohl. Es dauert nicht mehr lange, und unser Nordseeheilbad wird in Mörderdorf umbenannt, dachte er niedergeschlagen. Feldchen saß an ihrem Schreibtisch und wühlte lustlos in ihren Briefen. Als er hereinkam, seufzte sie gerade tief.

„Na, Feldchen?"

Sie zuckte zusammen und schaute ihn ängstlich an.

„Oh, Sie sind es. Ich war in Gedanken. Entschuldigen Sie bitte."

Dieter Bothmann lächelte sanft und setzte sich auf ihren Schreibtisch.

„Tja, Feldchen. Keine guten Nachrichten so früh am Morgen. Weiß man schon, wer die Frau ist?"

Nachdenklich schaute Feldchen ihren Chef an. Ihre Augen waren weit aufgerissen, und sie rückte mit ihrem Stuhl ein wenig zurück. Dieter Bothmann stutzte. Was hatte sie denn plötzlich? Sie schien tatsächlich Angst zu haben. Aber warum nur?

„Feldchen, was ist denn los? Sie sehen aus, als hätten Sie Angst vor mir."

Frau Feld versuchte zu lächeln und fragte leise: „Woher wissen Sie, dass es sich bei dem Toten um eine Frau handelt? Alle Erzählungen drehten sich bisher nur um einen Mann."

Langsam stieg in ihm der Verdacht auf, dass dieses dumme Ding dachte, er hatte etwas damit zu tun.

„Dummchen! Ich habe Barne Hinrichs getroffen, und der hat mir erzählt, dass sie eine Frauenleiche gefunden haben. Also wirklich. Sie glauben doch nicht, dass ich etwas damit zu tun habe."

Feldchen presste eine Hand auf ihren Mund. „Natürlich nicht. Ich war nur so ... so überrascht, dass Sie wussten, dass es sich um eine weibliche Leiche handelt ... dass ich für einen Augenblick ... wissen Sie ..."

Er half ihr, indem er seine Hand hob und sagte: „Schon gut, lassen wir das. Verbinden Sie mich bitte mit der Polizei. Am besten mit Frau Claasen."

Er sprang vom Schreibtisch und ging in sein Büro. Feldchen war niedergeschlagen. Erst verdächtigte sie ihn, und nun wollte er wieder diese Kommissarin sprechen. Ob da wohl was läuft zwischen den beiden, fragte sie sich. Was geht das mich an? Er hat sowieso nur Augen für andere Frauen. Dann griff sie zum Telefon und wählte die Nummer der Polizeistation.

„Es tut mir leid, Herr Bothmann, aber die Kommissarin Claasen ist unterwegs. Man hat mir versprochen, ihr sofort Nachricht zu geben, wenn sie wieder da ist."

„Gut! Ich gehe zu Frau Hermanns. Langsam sollten wir uns eine Strategie einfallen lassen, wenn das Klima hier umschlägt. Falls was sein sollte, wissen Sie, wo Sie mich finden können."

Und schon war er durch die Tür. Er ging den langen Flur entlang und wollte gerade an die nur angelehnte Tür klopfen, als er die Stimme seiner Kollegin vernahm. Sie schien zu telefonieren. Eigentlich lag es ihm nicht, zu lauschen, aber es war wie ein Zwang, der ihn verweilen ließ.

„Darling, ich weiß. Das Risiko ist gut aufgeteilt … Hör zu! Wir besprechen das, wenn wir uns sehen ... Ich muss aufhören."

Dieter Bothmann hörte, wie der Hörer aufgelegt wurde, und klopfte so fest an die Tür, dass sie aufschwang.

„Guten Morgen, Jutta!"

Er sah, wie sie zusammenzuckte. Mit weit aufgerissenen Augen schaute sie ihn an.

„Verdammt, Dieter! Warum musst du mich so erschrecken? Fast wäre mein Herz stehen geblieben."

Für einen Moment sah es so aus, als würde sie ihm eine Ohrfeige verpassen. Darauf gefasst, von ihr attackiert zu werden, spannte er seinen Körper an. Aber sie beruhigte sich schnell. Sie musterte ihn von oben bis unten.

„Warum schleichst du hier so herum und erschreckst die Leute? Das ist eine Unart, die du dir schnellstens abgewöhnen solltest!"

Dieter Bothmann setzte sich auf die Ecke des Tisches und schaute ihr frech ins Gesicht.

„Warum sollte ich? Wenn du natürlich etwas zu verbergen hast, verstehe ich deine Schreckhaftigkeit."

Sie schaute ihn misstrauisch von der Seite an und presste ihre Lippen zusammen, dass nur noch ein dünner Strich zu sehen war.

„Was meinst du damit? Warum sollte ich etwas zu verbergen haben?"

Sie versuchte ihre Aussage mit einem Lächeln zu bekräftigen, was aber misslang. Dieter Bothmann merkte, dass sie nervös war. Und das irritierte ihn. Diese Frau war eiskalt. Stahl wäre eine instabile Masse gegen sie, und doch zeigte sie Nerven.

„Ich habe doch gar nicht behauptet, dass du etwas zu verbergen hast. Ich wundere mich nur, dass du so schreckhaft bist. Das ist ein Wesenszug, der mir bisher noch nicht an dir aufgefallen war."

Er empfand es als Befriedigung zu sehen, dass auch eine Frau wie sie Angst haben konnte. Und wenn es auch nur für einen winzigen Moment gewesen war. Er sah, wie sich ihr Körper straffte und die Eiseskälte in ihr Gesicht zurückkehrte.

„Sei nicht albern. Was sollte ich schon zu verbergen haben. Ich habe ganz bestimmt keine Leiche im Keller."

Das Telefon schrillte, und Jutta Hermanns nahm den Hörer ab.

„Ja, was ist denn? Einen Augenblick!" Sie reichte den Hörer weiter. „Deine graue Maus sucht dich. Fünf Minuten weg, und schon telefoniert sie hinter dir her!"

Sieh an, dachte Dieter Bothmann, sie hat wieder Oberwasser. Er nahm den Hörer und hörte am anderen Ende der Leitung, wie Frau Feld scharf die Luft einzog.

„Was gibt es denn, Feldchen?"

Während sie ihm die Nachricht weitergab, hellte sich sein Gesicht merklich auf.

„Vielen Dank, Feldchen!"

Jutta Hermanns war neugierig. Der strahlende Gesichtsausdruck ihres Kollegen machte sie stutzig. Warum war er so vergnügt?

„Du scheinst dich ja bannig zu freuen. Darf man den Grund erfahren, oder ist es ein Geheimnis?"

Während Dieter Bothmann zur Tür schlenderte, überlegte er sich seine Antwort ganz genau.

„Wenn du es genau wissen willst: Ich habe ein Treffen mit Hannah Claasen. Vielleicht stellt sie mir wieder Fragen über dich. Was, meinst du, soll ich ihr erzählen?"

Er registrierte, wie sie blass um die Nase wurde.

„Fragen über mich? Aber was will sie denn wissen ... Ich meine, warum fragt sie mich nicht selbst?"

Er sah sie lange an, dann schnalzte er mit der Zunge

„Vielleicht gibst du ihr nicht die richtigen Antworten. Wenn du es möchtest, spreche ich für dich einen Termin bei ihr ab."

Nervös begann sie ihre Finger zu kneten. Langsam strich sie mit ihrer Zunge über ihre trocken gewordenen Lippen.

„Ich kann ihr keine Antworten auf ihre Fragen geben. Ich habe mit den ganzen Morden nichts zu tun!"

„Habe ich irgendetwas davon erwähnt?"

Mit einem letzten fragenden Blick verließ er ihr Büro. Sie war eindeutig nervös. Während Dieter Bothmann in sein Büro zurückkehrte, dachte er darüber nach. Sie hatte etwas zu verbergen, nur was? Er nahm sich vor, mit Hannah darüber zu reden. Vielleicht brachte ihm das einige Pluspunkte bei ihr, denn er hatte seine Jagd noch nicht aufgegeben.

18

Dr. Behrends hatte Wort gehalten. Der vollständige Obduktionsbericht lag am Nachmittag auf Meinders' Schreibtisch. Hastig überflog er ihn und sah verwundert hoch. Genau dieselben Verletzungen wie bei den anderen Opfern. Konnte es sein, dass sie es doch mit einem Serienkiller zu tun hatten, oder hatte seine Kollegin recht? Er fand die Theorie von der Verschwörung immer noch irgendwie schwammig. So ohne Beweise und Spuren war es schwer, den Staatsanwalt davon zu überzeugen, Durchsuchungsbefehle auszustellen. Eher würde der ihn fragen, ob er noch alle Sinne beisammen hätte. Nein, sie brauchten handfeste Beweise.

Während er noch nachdachte, betraten Hannah und ihr Kollege Markus Vesper den Raum. Sie fanden ihn völlig in Gedanken versunken vor.

„Chef, ist das der Obduktionsbericht?"

Meinders hob den Kopf und schaute sie an. Er nickte langsam und warf die rote Mappe über den Tisch.

„Da steht nichts drin, was wir nicht schon wissen. Kein Hinweis, nichts. Es ist wie verhext."

Er schlug heftig mit der Faust auf den Tisch, so dass Hannah erschrocken zurückwich. Vesper las den Bericht und kam zu derselben Überzeugung, dass daraus keine Informationen zu holen wären. Hannah streckte die Hand aus, und Vesper reichte ihn weiter.

„Warum befragen wir nicht noch mal alle, die in die Fälle involviert sind? Vielleicht können wir doch noch etwas finden, das uns zu dem Täter führt."

Meinders atmete schwer. Wahrscheinlich hatte Vesper recht, dachte er gerade, als er in das Gesicht seiner Kollegin blickte. Sie hatte ihre Stirn in Falten gelegt, und ihr fragender Blick ließ ihn aufmerksam werden. Sie hatte nicht zum ersten Mal eine gute Spürnase bewiesen.

„Hannah, worüber denken Sie gerade nach? Lassen Sie uns doch daran teilhaben."

Hannah schaute ihn an und drehte ihren Stuhl herum. Auf der Ablage des Schranks lagen die anderen Obduktionsberichte der Ermordeten. Mit zitternden Fingern öffnete sie die Mappen und las alles noch einmal durch. Dann hatte sie es gefunden.

„Es gibt einen Unterschied in den Obduktionsberichten, und den finde ich gravierend. Nur was er zu bedeuten hat, liegt noch hinter dunklen Nebelschwaden verborgen."

„Warum sagen Sie uns nicht, was Ihnen aufgefallen ist? Dann können wir gemeinsam darüber nachdenken, ob es eine Spur ist."

Meinders hatte seinen Blick fest auf Hannah gerichtet und wartete auf eine Reaktion.

„Markus, kannst du dich daran erinnern, wie Heribert Bender getötet wurde?" fragte sie.

Markus Vesper blickte nachdenklich. „Auf vierfache Weise, wenn ich mich richtig erinnere. Warum fragst du?"

„Und Arnold Vogler?"

Vesper verstand nicht, worauf sie hinauswollte. Er blickte zu seinem Kommissar und zog fragend die Schultern hoch.

„Ebenfalls auf vierfache Weise. Aber ich verstehe nicht ..."

Hannah ließ ihn nicht ausreden.

„Und wie ist es mit unserer Frauenleiche?"

Sie schaute auf den Deckel der Mappe und fand den Namen der Frau in roten Lettern geschrieben.

„Wie starb Anna-Lena Thiessen?"

Vesper verstand nun gar nichts mehr. Warum fragte sie das?

„Wahrscheinlich genauso."

„Eben nicht. Der Doktor hat festgestellt, dass sie nur auf dreifache Weise getötet wurde. Es fehlte die Vergiftung."

Das saß. Weder Meinders noch Vesper war der Unterschied beziehungsweise das fehlende Indiz aufgefallen. Weil keiner von beiden etwas sagte, fuhr sie fort.

„Wir haben es ganz sicher nicht mit einem Serientäter zu tun. Dem würde ein solcher Fehler nicht unterlaufen. Mitten drin seine Methode zu ändern – nein, das passt zu keinem Profil."

Vesper räusperte sich. „Und Siebert? Wie passt der da hinein? Passt der überhaupt, oder ist das nur Zufall, oder hängen die Morde alle zusammen?"

Hannah starrte auf den Obduktionsbericht, als könne er jeden Moment die Wahrheit enthüllen.

„Wäre schon möglich. Aber wie das alles zusammenhängt, kann ich dir auch nicht sagen."

Vesper hatte sie vom ersten Augenblick gern und war von ihrer Auffassungsgabe beeindruckt, aber jetzt überspannte sie den Bogen gewaltig.

„Hör mal, Hannah. Glaubst du nicht, dass du ein wenig zu weit gehst? Jürgen Siebert mit den Morden in Verbindung zu bringen, ist doch sehr weit hergeholt. Auch wenn ich zugeben muss, dass es seltsame Zufälle sind."

Um seine Worte zu unterstützen, schüttelte er den Kopf. Meinders hatte die ganze Zeit geschwiegen.

Die Gedankengänge seiner Kollegin waren schon ziemlich verquer, aber er musste zugeben, dass dieser Fall es auch zu sein schien. Er würde sich die ganze Sache in Ruhe durch den Kopf gehen lassen. Bevor er noch etwas sagen konnte, schrillte das Telefon. Meinders nahm den Hörer ab und wurde blass. Der Chef persönlich hatte zum Hörer gegriffen, um Karsten Meinders seine Meinung zum aktuellen Fall mitzuteilen. Vesper schob Hannah schnell zur Tür hinaus. Das Gespräch nahm rasant an Lautstärke zu. Hannahs

Blick streifte die Revieruhr. Sie musste sich beeilen, wenn sie ihren Termin mit dem Kurdirektor einhalten wollte. Sie packte ihre Tasche, und bevor sie zur Tür hinausging, rief sie Vesper noch zu, dass sie ab jetzt nur über ihr Handy erreichbar sein würde. Fragend schaute er ihr hinterher.

Sie hatte niemandem gesagt, dass sie ein erneutes Treffen mit Dieter Bothmann hatte. Warum auch, dachte sie bei sich. Wenn ihre Kollegen sich für ihre Theorie nicht begeistern konnten, würde sie allein nach Beweisen suchen. Insgeheim war sie enttäuscht. Sie hatte gehofft, dass wenigstens Meinders ihr glauben würde. Auf dem Weg überlegte sie hin und her. Warum sollte Jürgen Siebert ein Interesse daran haben, mindestens zwei Menschen zu töten?

Diesmal ging Dieter Bothmann auf Nummer sicher und hatte ein kleines Café ausgesucht. Keiner sollte ihm sein Date verderben. Als er auf Hannah wartete, überlegte er, ob er ihr etwas von Jutta Hermanns' Telefonat erzählen sollte. Komisch kam ihm das schon vor, aber dass sie etwas mit den Morden zu tun hatte, konnte und wollte er sich nicht vorstellen.

Hannah war pünktlich und lächelte ihn an. Bevor sie reagieren konnte, hatte er sie in die Arme genommen und drückte sich an sich.

„Hannah, wie schön, Sie zu sehen!"

Sie hatte ihn abwehren wollen, aber besann sich anders. Vielleicht würde er gesprächiger sein, wenn sie ihm ein wenig entgegenkam.

„Hallo Herr Bothmann."

„Bitte sagen Sie Dieter. Herr Bothmann klingt immer so offiziell, und wir sind uns doch schon ein wenig nähergekommen, dass wir uns mit dem Vornamen anreden können."

Hannah lächelte ihn weiter an und nickte kurz.

„Aber gerne doch. Dann redet es sich auch besser."

Dieter Bothmann schreckte auf. Was meinte sie damit? Hoffentlich wollte sie sich nicht nur wieder mit ihm über die Fälle austauschen.

„Kann ich Ihnen einen Kaffee bestellen?"

Sie nickte nur, zog ihre Jacke aus und setzte sich auf den Stuhl. Er orderte die Getränke und wandte seine Aufmerksamkeit wieder ihr zu.

„Schön, dass es geklappt hat, trotz der grausamen Umstände."

Innerlich verfluchte er sich für seine Unvorsichtigkeit. Bring sie bloß nicht auf dumme Gedanken, dachte er bei sich.

Hannah schmunzelte in sich hinein. Sie wusste natürlich, dass er kein Interesse hatte, mit ihr über den Fall zu reden, aber er würde sich nicht aus der Affäre ziehen können. Sie schaute sich ein wenig um. Der Kellner brachte die Getränke, und eine peinliche Stille entstand. Hannah nahm die Gelegenheit wahr und begann ein Gespräch über den Mord.

„Glauben Sie immer noch, dass die Morde Büsum einen schlechten Ruf einbringen werden?"

Dieter Bothmann seufzte. Er hatte es gewusst. Sie war nicht bereit, ihren Beruf zu vergessen. Also setzte er ein Lächeln auf und suchte den Augenkontakt zu ihr.

„Können Sie Ihren Beruf nicht mal für fünf Minuten vergessen und einfach mal abschalten?"

Sie schaute ihn erstaunt an. „Wie meinen Sie das, Dieter? Glauben Sie wirklich, ich könnte einfach abschalten, obwohl vier Menschen getötet wurden? Ich bin Polizistin geworden, weil ich Verbrechen aufklären wollte. Und ich habe nicht vor, hier damit aufzuhören oder mir eine Pause zu gönnen, wenn der Täter noch nicht gefasst ist."

Das saß. Unmerklich zuckte er zusammen.

„Ich wollte Ihnen in keiner Weise unterstellen, dass Sie Ihren Job nicht ordentlich machen, sondern nur dafür sorgen, dass Sie sich nicht verausgaben."

Einen langen Augenblick sagte Hannah nichts. Dieter Bothmann fühlte sich sehr unwohl und hatte die Befürchtung, dass sein Date gleich zu Ende sein würde.

„Es tut mir leid. Glauben Sie nicht, dass ich kein Mitgefühl für die Opfer habe, aber ich bin für ganz Büsum verantwortlich. Für die Touristen und für meine Belegschaft. Ich muss objektiv bleiben."

Und du willst mit mir anbändeln, dachte sie und verbarg ihr Lächeln hinter einem ausdruckslosen Gesicht.

„Ich verstehe, was in Ihnen vorgeht. Aber wenn Sie etwas zur Aufklärung beitragen können, sollten Sie langsam mit den Informationen rüberkommen."

Hannah wusste, dass es ein Schuss ins Blaue war. Aber sie wurde das Gefühl nicht los, dass er etwas wusste. Dieter Bothmann war in Schwierigkeiten. Er sollte seiner Kollegin gegenüber loyal sein, aber wenn sie etwas mit den Morden zu tun hatte, konnte er nicht stillschweigend zusehen. Allerdings wäre der Skandal bombastisch. Hannah wollte nicht weiter in ihn dringen und schwieg.

„Sie haben mich gefragt, wo meine Kollegin war, als Jürgen Siebert tot aufgefunden wurde. Die war angeblich im Kurmittelhaus und hat ein Sereilbad genossen."

Hannah verstand die Anspielung und atmete tief ein. „Warum sagen Sie angeblich?"

„Weil ich weiß, dass die Bäderabteilung an diesem Tag geschlossen hatte."

Er drehte sein Glas, das der Kellner in der Zwischenzeit gebracht hatte, zwischen den Fingern. Er fühlte sich nicht wohl dabei, seiner Kollegin in den Rücken zu fallen.

„Wissen Sie, wo sie stattdessen gewesen ist?", unterbrach Hannah seine Überlegung. Dieter Bothmann sah sie lange an, bevor er antwortete. „Nein, sie hat mir nicht gesagt, wo sie gewesen ist. Ich habe nur ein Telefonat mitgehört. Sie sagte so etwas wie ‚Das Risiko ist gut aufgeteilt‘, und als ich das Büro betrat, war sie sehr erschrocken und hat ganz schnell den Hörer aufgelegt. Das ist für mich schon ein merkwürdiges Verhalten, oder?" Fragend sah er sie an. Sie nickte bestätigend.

„Ja, ich verstehe, was Sie meinen. Wissen Sie, wer am anderen Ende der Leitung war?"

„Nein, aber es muss ein Mann gewesen sein."

Hannah sah ihn erstaunt an „Wie kommen Sie darauf?"

Dieter Bothmann kratzte sich am Kinn, und Hannah hörte, wie seine Finger über die Bartstoppeln fuhren.

„Weil sie Darling gesagt hat. Und ich glaube nicht, dass meine Kollegin auf Frauen steht."

Hannah sortierte die Informationen und machte sich im Kopf Notizen. Sie war auf dem richtigen Weg, das wusste sie jetzt mit Bestimmtheit.

Während Hannah mit Dieter Bothmann bei einer Tasse Kaffee saß, bekam Kommissar Meinders Besuch auf dem Revier. Hetty Lohmann war völlig außer Atem und fächelte sich mit einem uralten, chinesischen Fächer Luft zu. Da er überall Löcher zu haben schien, war das Vorhaben etwas schwierig. Die Polizisten waren über die Erscheinung der kleinen Frau sehr amüsiert. Ihr himmelblauer Rock hob sich farblich von ihrer zitronengelben Bluse ab. Ihre Tasche war ein überdimensionaler Beutel aus lila gefärbtem Leinen. Der Hingucker war allerdings ihr Hut. Ein riesiger Strohhut prangte auf ihrem Kopf übervoll mit bunten, selbstgepflückten Blumen. Sie saß auf einer Bank und schwang ihre Beine hin und her. Fest an sich gepresst hielt sie ein dickes braunes Kuvert. Als Meinders aus seinem Büro heraustrat, sprang sie auf und rannte auf ihn zu.

„Herr Kommissar, Herr Kommissar ... bitte, ich muss Sie sprechen! Es ist dringend."

Meinders schaute erschrocken auf seine uniformierten Kollegen und zog fragend die Schultern hoch.

„Das ist Frau Hetty Lohmann, Herr Kommissar!", sagte einer der Beamten.

„Aber er weiß doch, wer ich bin! Wir haben zusammen Kaffee getrunken ... mit Hannah."

Natürlich wusste er, wer sie war!

„Frau Lohmann, schön, Sie zu sehen ..."

Bevor er weiterreden konnte, sagte sie: „Nennen Sie mich ruhig Tantchen Lohmann. So wie alle hier."

Mit einem verlegenen Hüsteln sah er zu seinen Kollegen. „Was kann ich denn für Sie tun, Frau Lohmann?"

„Ich habe etwas wiedergefunden, das Sie sich unbedingt ansehen sollten."

Sie hielt ihm den vergilbten Umschlag hin und wartete. Meinders war sich nicht sicher, wie er reagieren sollte.

„Ich weiß nicht, was ich damit soll."

Aufgeregt wedelte sie mit dem Umschlag vor seiner Nase herum, als Markus Vesper das Revier betrat.

„Das sind Unterlagen, die mir Hannahs Vater kurz vor seinem Tod gegeben hat. Ich hatte sie völlig vergessen, aber ich glaube, dass Sie sie bekommen sollten."

Während Meinders den Umschlag entgegennahm, tauschte er einen Blick mit Vesper.

„Ich danke Ihnen. Die Unterlagen werden wir sicher verwahren und Hannah natürlich aushändigen. Aber erst schauen wir mal hinein, was drin ist."

Er legte der kleinen Frau seine Hand auf die Schulter und schob sie sacht in Richtung Ausgang. Mit einem letzten irritierten Blick verließ Tantchen Lohmann die Polizeistation.

Meinders und Vesper setzten sich gleichzeitig in Bewegung und zogen sich in Meinders Büro zurück.

„Was glauben Sie ist da drin?" Vespers Stimme war vor Aufregung ganz rau.

„Das werden wir gleich sehen."

Vorsichtig öffnete Meinders den Umschlag und entnahm einen ganzen Haufen Papiere. Oben auf dem Stapel lag ein handgeschriebener Brief. Meinders nahm ihn hoch und begann zu lesen. Nach einigen Sätzen brach er ab.

„Es ist ein Brief an Hannah, von ihrem Vater."

„Was schreibt er denn?"

Vesper war neugierig. Doch Meinders war es unangenehm, in die Privatsphäre seiner Kollegin einzudringen.

„Ich glaube nicht, dass wir den Brief lesen sollten. Er scheint sehr persönlich zu sein."

Markus Vesper dachte kurz nach. Es galt abzuwägen, was wichtiger war. Die Gefühle ihrer Kollegin oder durch die Unterlagen Hinweise über die Morde zu finden, denn auch er war inzwischen davon überzeugt, dass die Morde mit Hannahs Vergangenheit zusammenhingen.

„Aber vielleicht bringt es uns weiter, wenn wir einen Blick hinein werfen."

Meinders sah ihn skeptisch an. „Sie glauben also auch an die Theorie, dass die Morde etwas mit dem Tod von Hannahs Mutter und Vater zu tun haben?"

Vesper nickte und holte einen Zettel aus seiner Jackentasche. Meinders' Blick fiel auf die Notiz, und sein Gesicht nahm einen ungläubigen Ausdruck an. Er entriss Vesper den Zettel und setzte sich an seinen Schreibtisch.

„Das ist ja ein tolles Ding. Sieh mal an. Söller hat im Mai 1999 Ersatzteile für seinen Cadillac bestellt. Eine Stoßstange, eine Motorhaube und einen Grill. Wie mir scheint, hatte der liebe Herr einen kleinen Unfall."

Dann hielt Vesper den Obduktionsbericht vom Unfall hoch.

„Der Gerichtsmediziner hat damals anhand der Verletzungen festgestellt, dass der Wagen frontal auf die Frau zugefahren sein muss." Mit einem langen Blick auf Kommissar Meinders fuhr er fort: „Sie wissen, was frontal bedeutet?"

Meinders konnte nichts sagen, stattdessen nickte er nur. Langsam musste er sich eingestehen, dass das keine Zufälle mehr waren. Es wurde Zeit, seinen Fokus auf Söller zu richten. Er nahm den Brief von Arndt Claasen wieder zur Hand und las ihn leise vor.

„Meine geliebte Tochter,

es ist für mich nicht leicht, Dir diese Zeilen zu schreiben. Aber seit dem Tod Deiner Mutter war mein Leben so leer, und um diese Leere zu füllen, habe ich versucht herauszufinden, was damals passiert ist. Leider habe ich Dich dabei vergessen. Du darfst nicht glauben, dass ich Dich nicht geliebt habe. Als Du geboren wurdest, war es der schönste Tag in meinem Leben. Wenn diese Zeilen Dich erreichen, bin ich Deiner geliebten Mutter gefolgt, aber glaube mir, nicht freiwillig. Um Dir Klarheit zu verschaffen, überlasse ich Dir meine Unterlagen, die ich in der ganzen Zeit gesammelt habe, damit Du an meiner Stelle mit der Suche nach dem Mörder Deiner Mutter weitermachen kannst. Es liegt also an Dir, wie Du weitermachen willst. Wenn Du alles ruhen lassen möchtest, dann verbrenne die Unterlagen und lebe Dein Leben. Egal, wie Du Dich entscheiden solltest, ich habe Dich immer über alles geliebt. Dein Vater"

Meinders schluckte. So etwas ging ihm an die Nieren. Er reichte den Brief an Vesper weiter und machte sich über die anderen Papiere her. Es dauerte einen Augenblick, bis er seine Gedanken sortiert hatte. Er war beeindruckt von der Masse an Unterlagen, die Arndt Claasen gesammelt hatte. Medizinische Berichte, polizeiliche Unterlagen und vieles mehr. Plötzlich fiel ein kleiner, unscheinbarer Zettel aus dem restlichen Stapel heraus und glitt langsam zu Boden. Meinders hob ihn auf und warf einen Blick darauf. Zweifelnd runzelte er die Stirn. Auf dem Zettel standen ein paar Worte und Zahlen.

„Ein Schiff an Land ist wie ein Vogel ohne Flügel. PL2, rechts grün, Feld 1."

Vesper hatte Meinders neugierig über die Schulter geschaut. Fragend sah er ihn jetzt an.

„Was hat das zu bedeuten?"

Meinders zog die Schultern hoch. Er konnte sich ebenfalls keinen Reim darauf machen. Während die beiden noch darüber grübelten, kam Barne Hinrichs zur Tür herein.

„Entschuldigung, dass ich störe. Aber ich suche Hannah. Wissen Sie, wo sie sein könnte?"

Beide schauten irritiert auf und schüttelten den Kopf.

„Was heißt, Sie wissen nicht, wo sie ist? Sie sollten sie doch im Auge behalten", sagte Meinders verärgert.

Vesper schaute seinen Chef verdutzt an. Wieso sollte Barne seine Kollegin im Auge behalten? Meinders registrierte seinen Blick, aber im Augenblick konnte und wollte er niemandem über sein Tun Rechenschaft ablegen. „Können Sie etwas mit diesen Worten und Zahlen anfangen?"

Vesper hielt den Atem an. Sollte Hannah in Gefahr sein, würde ihnen dieser Hinweis vielleicht weiterhelfen. Barne nahm den Zettel und las die Worte leise vor. Er überlegte einen Moment und dann hellte sich sein Gesicht auf.

„Aber natürlich! Wir haben als Kinder schon unsere Geheimnisse oder Gegenstände so versteckt. Das ist eine Art Schatzkarte, wenn Sie so wollen."

Meinders zog heftig die Luft ein. „Wissen Sie, wie wir herausbekommen, was hinter diesem Rätsel versteckt ist?"

Barne überlegte kurz und nickte.

„Wir sollten zu Hannah nach Hause fahren. Wenn ich mich richtig erinnere, steht im Garten ein Schiff. Eine 1:10 Ausgabe von Arndts Kutter Adeline. Wenn mich nicht alles täuscht, werden wir bestimmt etwas finden."

Noch bevor er geendet hatte, standen Meinders und Vesper gehbereit in der Tür.

„Ich bin gespannt, auf was wir stoßen werden."

Ein tiefer Seufzer entfuhr ihm. Vielleicht war dieser Fund einer der wichtigsten Hinweise, die ihnen zur Aufklärung des Falles fehlten. Einem inneren Impuls folgend, trieb Meinders seine Kollegen zur Eile an.

19

Hannah war enttäuscht. Sie hatte von Dieter Bothmann mehr Informationen erwartet. Doch auch dieses Mal konnte oder wollte er ihr nicht mehr geben. Unzufrieden mit sich selbst ging sie den Weg vom Café zurück zur Polizeistation. Vielleicht hatten die anderen noch etwas rausgefunden. Irgendetwas übersahen sie. Nur was, das konnte sie nicht greifen. Mitten in ihre Gedanken drang ein lautes Geräusch. Hastig drehte sie sich um und erblickte einen Jeep.

„Na, wenn das nicht Hannah Claasen ist. Was hat dich denn an die Küste zurückgespült?"

Hannah stutzte. Die Stimme kam ihr irgendwie bekannt vor. Wie aufs Stichwort lehnte sich der Fahrer zur Seite.

„Rolf Berger! Was für ein Zufall. Wir haben uns ja lange nicht gesehen. Wie geht es dir?" Auf die Antwort wartend, beschlich sie ein merkwürdiges Gefühl.

„Wie ich gehört habe, bist du jetzt bei den Bullen."

Als er ihren Gesichtsausdruck sah, räusperte er sich und sagte: „Sorry, ich meine natürlich bei der Polizei."

Hannah nickte nur und erinnerte sich, dass seine Strafakte fast einen halben Meter dick war.

„Mit einigen meiner Kollegen hattest du ja öfter Kontakt, wenn ich mich richtig erinnere."

Als sie sah, wie er zusammenzuckte, nahm sie sich ein bisschen zurück. Beleidigungen bringen gar nichts, dachte sie nur und versuchte ein Lächeln. Doch Rolf Berger schien nicht beleidigt zu sein. Im Gegenteil, sein Grinsen wurde noch breiter. Er lehnte sich noch weiter aus seinem Auto und schaute sie von oben bis unten abschätzend an. Irgendwie missfiel Hannah der Blick, sie ließ sich aber nichts anmerken.

„Kann ich dich mitnehmen, oder fährst du nicht mit einem Ex-Knacki?"

Eigentlich wollte sie nicht mit ihm fahren, aber sie war neugierig. Auch er schien in das Puzzle hineinzupassen.

„Warum nicht. Du kannst mich ja bei der Polizeistation rauslassen", sagte sie nur und stieg ein.

Hannah versuchte sich einen Überblick zu verschaffen. Verstohlen sah sie ihn von der Seite an. Irgendwie hatte sie das Gefühl, ihn schon vorher gesehen zu haben. Nur wollte ihr nicht einfallen, wo.

„Ihr wart bei meinen Eltern, stimmt's?"

Hannah nickte und versuchte sich zu beruhigen. „Leider gab es Verdachtsmomente, denen wir nachgehen mussten."

Auf seinem Mund erschien ein spöttischer Zug. „Was heißt denn Verdachtsmomente. Meine Mutter, eine Mörderin? Ihr habt ja nicht mehr alle Latten am Zaun, wenn ihr das für möglich haltet. Ihr Bullen rückt euch doch alles so zurecht, wie ihr es gerade braucht."

Langsam fing es an lästig zu werden. Grundsatzdiskussionen mit einem Verbrecher führten zu nichts. Es wäre wohl besser, wieder auszusteigen, dachte sie nur und drehte sich zu Rolf Berger um. Plötzlich wusste sie es wieder, wo sie ihn gesehen hatte. Seine Augen zu engen Schlitzen zusammengepresst, sah er sie an.

„Es scheint dir wieder eingefallen zu sein, wo du mich gesehen hast."

Bevor Hannah reagieren konnte, kam seine Faust auf sie zu und traf sie an der Schläfe. Dann umgab sie Dunkelheit.

Als sie wieder zu sich kam, hatte sie einen bitteren Geschmack im Mund, und ihr Schädel dröhnte. Es dauerte einen Augenblick, bis ihr wieder einfiel, was passiert war. Sie saß gefesselt auf einem Stuhl und schaute sich vorsichtig um. Der Raum, in dem sie sich befand, war nicht sehr groß und hatte wenig Lichteinfall. Es roch nach Farbe und Terpentin. Als sie sich bewegen wollte, zuckte sie schmerzhaft zusammen. Die Fesseln, die man ihr angelegt hatte, schnitten tief in ihr Fleisch. Langsam hörte der Raum auf, sich zu drehen, und sie konnte einiges mehr erkennen. In den Ecken standen Fässer und Holzkisten herum, die beschriftet waren. „Ersatzteile für Autos" stand auf der einen. Also befand sie sich in einer Werkstatt. Nur wo? Verdammt, dachte sie, warum habe ich niemanden von dem Treffen erzählt? Doch was hätte es ihr gebracht? Auch dann hätte man ihr nicht helfen können. Sie versuchte noch einmal, an den Fesseln zu rütteln, was prompt mit heftigen Schmerzen quittiert wurde. Plötzlich drangen Geräusche an ihr Ohr. Es kam jemand. Aus dem Stimmengewirr konnte sie erkennen, dass es zwei sein mussten. Nach der Stimmlage zu urteilen, war einer davon Rolf Berger. Was hatten sie mit ihr vor? Am besten stelle ich mich bewusstlos, dachte sie gerade, als eine Tür geöffnet wurde.

„Ja, sie ist noch ausgeknockt. Mach dir nicht ins Hemd, Alter!"

Die Antwort kam leise und ziemlich aggressiv: „Du hast nur Hirn für zwanzig Cent, oder? Bringst sie hierher. Warum hast du den Bullen nicht gleich eine Einladung geschickt?"

Hannah zuckte leise zusammen. Sie kannte die Stimme. Söller, Jochen Söller. Aber was wollten die beiden von ihr? Dann drang eine weitere Stimme an ihr Ohr.

„Jochen, wo bist du?"

Hannah erschrak. Das war Mette. Sie wollte losschreien und sie warnen, doch das war gar nicht nötig.

„Wir sind hier, Schatz!"

„Ist sie endlich aufgewacht?"

Hannah hatte Schwierigkeiten, die Stimme zu zuordnen. Es lag so viel Eiseskälte darin, dass es kaum einen Wiedererkennungswert gab.

„Wir müssen sie zum Sprechen bringen, damit wir wissen, wie viel die Polizei weiß."

Rolf Berger schnalzte verächtlich mit der Zunge. „Sie ist ein Bulle. Die redet nicht."

„Auch Bullen verspüren Schmerzen. Dann helfen wir eben ein bisschen nach!"

Mette Söller war wütend. Warum musste immer alles so kompliziert sein, wenn es auch einfach ging.

„Wir können uns sowieso nicht leisten, sie am Leben zu lassen! Wenn sie uns beim Verhör unter den Händen wegstirbt, ist das halt Pech."

Hannah erschrak vor so viel Kaltschnäuzigkeit. Und mit dieser Frau war sie mal befreundet gewesen. Wie man sich doch in einem Menschen täuschen konnte, dachte sie niedergeschlagen. Rolf Berger wollte die Fesseln überprüfen und zog einmal kräftig daran. Ein schneidender Schmerz durchfuhr Hannah, und sie stöhnte leise auf.

„Sieh an, sie ist wach! Wolltest uns wohl ein bisschen an der Nase herumführen, was?"

Und um sie zu bestrafen, zog er gleich noch mal. Wieder durchzuckte sie ein heftiger Schmerz.

„Was wollt ihr von mir?"

Ihre Stimme zitterte ein wenig. Sie versuchte den Schmerz zu übergehen und atmete ein paarmal tief ein und aus, aber so richtig funktionierte das nicht. Komisch, dachte sie nur, im Fernsehen klappt das immer. Sie spürte eine Hand unter ihrem Kinn. Dann, mit einem Ruck, wurde ihr Gesicht nach oben gedrückt. Sie schaute in zwei eisblaue Augen.

„Es tut mir leid, Hannah, aber wir müssen wissen, was ihr rausgefunden habt."

Mette Söller verstärkte den Druck auf Hannahs Kinn, dass diese Schwierigkeiten hatte, zu atmen.

„Schätzchen, das verstehst du doch? Ich werde nicht auf meinen jetzigen Lebensstandard verzichten, nur weil eine übereifrige Polizistin meint, herumschnüffeln zu müssen. Du hättest nicht wieder nach Büsum zurückkommen sollen."

Rolf Berger schaute sich unruhig um und zischte seine Komplizin an: „Was soll das Gequassel? Sie soll uns sagen, was dieser Kommissar weiß, und dann ab in die Nordsee mit ihr."

Und um seine Aussage zu bekräftigen, zog er den Stuhl ruckartig näher an sich heran. Diesmal war es Jochen Söller, der sich einmischte. „Sei nicht so ungeduldig. Du kommst noch zu deinem Recht." An Hannah gewandt, fuhr er fort: „Wissen Sie, meine Liebe, es ist nichts Persönliches. Sie sind mir sogar überaus sympathisch, aber es geht um unsere Existenz. Wenn Sie uns also ein paar Informationen geben, dann verspreche ich Ihnen einen kurzen, schmerzlosen Tod."

Hannah verstand nicht wirklich, um was es eigentlich ging.

„Was soll ich Ihnen denn erzählen?"

„Wir wollen wissen, was die Kripo über die Morde weiß!"

Mette Söller verstärkte den Druck auf Hannahs Kinn deutlich.

Hannah war verwirrt. Wieso fragten sie nach den Morden? Was hatten sie damit zu tun? Jochen Söller fing ihren fragenden Blick auf.

„Sie sehen so aus, als wüssten Sie nicht, worüber wir reden? Wir meinen die Morde an den Touristen."

Hannah verstand immer noch nicht. „Was haben Sie damit zu tun?" Doch dann fügten sich die vielen kleinen Hinweise zu einem Bild zusammen. Schlagartig wurde ihr klar, was hier passierte.

Jochen Söller war kein geduldiger Mann. Er trat näher an den Stuhl heran und schlug ihr mit der flachen Hand ins Gesicht. Auf Hannahs linker Wange zeichnete sich der Umriss einer Hand ab. Wieder hob er seinen Arm, doch seine Frau hielt ihn zurück.

„Lass das! Ich glaube, sie weiß wirklich nicht, wovon wir sprechen. Wahrscheinlich sind sie uns gar nicht auf die Schliche gekommen, und wir haben uns zu früh gerührt. Also versenkt sie in der Nordsee, und wir warten ab, was passiert."

In Hannahs Kopf rotierten die Gedanken. Was konnte sie tun? Auf Hilfe brauchte sie nicht zu hoffen. Sie sah aus den Augenwinkeln, wie Rolf Berger mit einem Tuch auf sie zukam. Sie versuchte noch einmal alle Kraft aufzuwenden, um sich von den Fesseln zu befreien, doch die Schmerzen waren unerträglich. Plötzlich fühlte, sie wie ihr Rolf Berger das Tuch auf das Gesicht drückte. Äther! Das ist Äther, dachte sie noch, bevor ihr die Sinne schwanden.

Meinders, Vesper und Barne Hinrichs waren auf dem Weg zu Hannahs Haus. Irgendwie hatte Meinders das Gefühl, dass sie sich beeilen mussten. Barne kannte den Weg und schleuste die Kommissare direkt in den Garten. Vor ihnen stand der Nachbau eines Fischkutters. Meinders konnte den Namen noch erkennen, obwohl das Wetter der Farbe schweren Schaden zugefügt hatte. „Adeline" stand vorne am Bug. Er zog den Zettel aus seiner Tasche und las vor: „Ein Schiff an Land ist wie ein Vogel ohne Flügel, PL2, rechts grün, Feld 1!"

Barne ging langsam um den Kutter herum. Er rieb sich das Kinn und überlegte.

„PL2 würde ich sagen, bedeutet Planke 2, rechts grün ist die Steuerbordseite, und Feld 1 ist das erste Feld im Bug."

Vesper folgte der Anweisung und fand die beschriebene Planke. Er versuchte sie mit leichtem Druck zu verschieben, aber sie saß ziemlich fest. Also ballte er seine Hand zu einer Faust und schlug heftig zu. Mit einem lauten Knarren gab sie nach. Vorsichtig griff er in die entstandene Öffnung und holte nach kurzem Suchen ein kleines Päckchen hervor. Es war nicht größer als eine Zigarettenschachtel. Eingewickelt war es mit einer dicken Lage Ölpapier. Vesper holte sein Taschenmesser heraus und durchschnitt das Paketband, mit dem es verschnürt war. Sie öffneten es. Der Inhalt bestand aus einer Kassette und einem zusammengefalteten Zettel. Vesper reichte ihn an Meinders weiter. Dieser sah in die Runde und faltete ihn auseinander. Er räusperte sich kurz und las die wenigen Zeilen vor.

„,Meine geliebte Tochter. Wenn Du den Beweis in Händen hältst, dass der Unfall Deiner Mutter gar kein Unfall war, ist mir das Gleiche widerfahren. Die beiliegende Tonbandaufnahme wird Dir erklären, was in der besagten Nacht wirklich passiert ist. Dein Dich liebender Vater.'"

Die drei Männer sahen sich schweigend an. Dann rannte Meinders zurück zum Auto. Er nahm Kontakt mit dem Revier auf und gab eine Suchmeldung nach Kommissarin

Hannah Claasen heraus. Auf dem ganzen Weg zurück drehte er die Kassette ungeduldig zwischen seinen Fingern hin und her. Er war gespannt, was sich auf dem Tonträger befand. Nach kurzem Suchen fand sich auf dem Revier ein Diktiergerät. Auf der Aufnahme hörten die drei Männer eine Autotür klappen und Schritte. Dann eine Stimme.

„Arndt, was soll das denn? Du verdächtigst jeden. Glaubst du nicht, dass du zu weit gehst?"

„Nein, ich weiß, dass sie umgebracht wurde. Ich bin auch bald in der Lage, es zu beweisen!"

Meinders lehnte sich dicht über das Diktiergerät, um die Stimme besser zu erkennen. Aber er war sich nicht sicher, sie schon einmal gehört zu haben. Er richtete sich auf und fluchte stumm in sich hinein. Barne Hinrichs dagegen wich sämtliche Farbe aus seinem Gesicht. Die Stimme kannte er doch. Leise flüsterte er: „Das ist Jürgen Siebert! Was hat der mit der ganzen Sache zu tun?"

Meinders schaute ihn überrascht an. Dann sprach die Stimme auf dem Tonband weiter.

„Söller hat den Unfallbericht gefälscht, und du hast ihm dabei geholfen. Niemand fälscht einen Bericht ohne Grund."

Die Männer hörten, wie jemand heftig einatmete.

„Du bist ja verrückt, Arndt! Warum sollten wir so was tun?"

„Weil ihr meine Frau umgebracht habt. Ihr habt sie einfach in den Straßengraben geworfen und sie sterben lassen. Einfach so."

Die Stimme von Jürgen Siebert verlor ihre Stärke. Er konnte der Wahrheit nichts entgegensetzen, dachte Meinders.

„Ihr habt Hannah die Mutter genommen und mir die Frau, und dafür werdet ihr bezahlen. Ich werde so lange dafür kämpfen, bis ihr eure gerechte Strafe erhalten habt."

"Jochen ist gefahren. Ich ... ich war doch nur der Beifahrer. Wir hatten getrunken und waren mit seinem neuen Cadillac unterwegs. Auf einmal war deine Frau da, und Jochen ... Jochen hatte doch schon lange ein Auge auf sie geworfen, aber sie hat ihn abblitzen lassen. Da ist er so wütend geworden, dass er mit dem Wagen direkt auf sie zugefahren ist. Ich dachte doch, er wollte sie nur erschrecken, aber stattdessen hielt er frontal auf sie zu. Und ... und ... und ... wir wollten das nicht."

Hier brach das Band ab. Im Raum war es sehr still geworden. Barne Hinrichs hatte Tränen in den Augen und schüttelte den Kopf.

„Er hat uns immer wieder gesagt, dass es kein Unfall war. Aber die Aktenlage war eindeutig. Keiner hat ihm geglaubt, auch ich nicht. Wir dachten alle, dass es der Schmerz des Verlustes war, der ihn nicht ruhen ließ. Dabei hatte er die ganze Zeit recht." Plötzlich kam ihm ein Gedanke. „Wenn Siebert und Söller gewusst haben, das Arndt eine Aufnahme von diesem Treffen hatte, dann war auch der Untergang der ‚Adeline' kein Unfall."

Unvermutet klopfte es an der Tür. Martin Engel wartete nicht auf eine Aufforderung, sondern trat ein.

„Wir haben eine Meldung erhalten, dass die Kommissarin Claasen ein Treffen mit Dieter Bothmann hatte. Sie war in einem kleinen Café in Westerdeichstrich und ist auf ihrem Rückweg in einen dunklen Jeep gestiegen."

Barne Hinrichs schoss von seinem Stuhl hoch.

„Es gibt nur einen dunklen Jeep in Büsum. Der gehört Rolf Berger."

Wieder dieser Name. Den haben wir doch schon des Öfteren gehört, dachte Meinders.

„Die Strafakte von Rolf Berger ist sehr umfangreich. Dieser Typ hat nichts ausgelassen. Er gilt als sehr gewalttätig. Aber warum ist Hannah in sein Auto gestiegen?"

Vesper hatte seinen Blick fest auf Kommissar Meinders gerichtet. Ihm gefiel die ganze Sache nicht.

„Gut, lassen wir das Handy orten. Vielleicht hilft uns das weiter!"

Meinders nickte, und Martin Engel war wieder verschwunden. Auch wenn sie übereilt handelten, das Leben ihrer Kollegin war wichtiger als alles andere.

Hannah hatte nicht erwartet, wieder aufzuwachen. Der Äther hinterließ einen widerlichen Geschmack auf der Zunge, und ihr Magen dankte es ihr auch nicht. Als sie sich bewegen wollte, spürte sie die Fesseln an Hand- und Fußgelenken. Jemand wollte wohl auf Nummer sicher gehen. Vorsichtig drehte sie sich auf die Seite, um ihre Umgebung abzuchecken. Sie befand sich in der Kajüte eines Segelbootes, und sie fühlte ein leichtes Rollen des Schiffes. Außerhalb der Kabine hörte sie leises Gemurmel. Vorsichtig versuchte sie an ihren Fesseln zu ziehen, was ihr wieder heftige Schmerzen einbrachte. Da kannte sich jemand mit Knoten aus. Je mehr sie daran zog, desto fester zogen sie sich zusammen. Jede Anstrengung war umsonst. Sie konnte sich nicht befreien. Die Frage, die sich ihr jetzt stellte, war, ob sie sich schon auf hoher See befanden. Noch wichtiger allerdings war die Frage, was die drei mit ihr machen würden. Vielleicht lassen sie mich wirklich einfach in der Nordsee verschwinden, dachte sie ängstlich. Plötzlich stieß sie an etwas Weiches und schaute irritiert zu ihren Füßen. Unter einer Decke lugten ein paar Hände hervor. Sie versuchte die Decke weiter herunterzuschieben, damit sie einen Blick auf die Person werfen konnte. Sollten diese Bestien wieder einen Touristen gekidnappt haben? Ein kurzes Stück noch, und sie konnte das Gesicht sehen. Voller Schrecken starrte sie in das Antlitz von Helga Siebert. Sie hoffte, dass sie nur betäubt war.

Das Gemurmel wurde lauter, und sie konnte endlich etwas verstehen. Es war nicht schwer, die Stimmen zu unterscheiden.

Jochen Söller war sauer. Er ging Rolf Berger ziemlich an.

„Du hast wirklich nur Hirn für zwanzig Cent! Du bringst die Bullen direkt zu uns ins Haus. Hoffentlich hat niemand Verdacht geschöpft."

„Wer soll auf uns kommen? Keiner kann eine Verbindung zu uns und den Morden herstellen. Wir sind eben gerissener als dieser Bulle."

Söller lachte heiser.

„Unterschätze diesen alten Hund nicht. Er hat eine gute Spürnase. Und von meinen Quellen weiß ich, dass er nicht so schnell aufgibt. Und die Claasen ist genauso."

„Was machen wir mit den beiden da unten?"

Das war die Stimme einer Frau. Aber es war nicht, wie erwartet, die von Mette Söller. Hannah kniff die Augen zusammen und versuchte alle störenden Geräusche auszublenden, damit sie der Unterhaltung weiter folgen konnte.

„Am besten lassen wir sie auf Nimmerwiedersehen verschwinden."

Aber es war Hannah einfach nicht möglich, die Stimme zu erkennen.

Rolf Berger räusperte sich. „Warum sollen wir sie auf Nimmerwiedersehen verschwinden lassen? Wir könnten sie als Opfer Nummer fünf und sechs des Serienkillers verwenden. Stellt euch die Schlagzeile vor: Die Witwe eines Opfers und eine Kommissarin werden von dem Serienmörder getötet."

Hannah zuckte erschrocken zusammen. Damit schien ihr Ende besiegelt. Niedergeschlagen sank sie in sich zusammen, denn die Hoffnung auf Rettung war sehr gering. Wie viel Zeit bisher vergangen war, konnte sie nicht sagen.

Dunkelheit hatte sich über Büsum ausgebreitet. Lange würde es wohl nicht mehr dauern, bis sie eine von ihnen töten würden, damit sie wieder eine Leiche effektvoll drapieren konnten. Immer wieder schaute sie auf Helga Siebert. So sehr sie sich auch anstrengte, sie konnte nicht erkennen, ob sie noch atmete. Erschöpft fiel sie zurück. Sollte das wirklich das Ende sein? Plötzlich dachte sie an ihre Eltern, und die Tränen suchten ihren Weg. Leise weinte sie vor sich hin. Lieber jetzt als nachher. Sollten sie sie holen, würde sie keine Schwäche zeigen. Der salzige Geschmack ihrer Tränen ließ ihre Gedanken weiterschweifen. Auch die Gesichter von Meinders und Vesper erschienen vor ihrem inneren Auge. Ob das wohl immer so war, wenn man dem Sterben nahe war, fragte sie sich, als sie ein leises Geräusch vernahm. Was war das? War es so weit? Würden sie jetzt ihren Plan in die Tat umsetzen? Doch es passierte nichts.

Hatte sie sich getäuscht? So sehr sie sich auch anstrengte, sie konnte nichts mehr hören. Langsam ließ sie sich zurücksinken. Da war doch was. Das Boot neigte sich sanft, doch es war nichts zu hören. Für einige Sekunden hielt sie ihren Atem an. Dann fiel ein schmaler Lichtstrahl durch die geschlossene Kabinentür. Hannah war starr vor Schreck. Jetzt würden sie eine von ihnen holen. Mit einem lauten Knirschen zerbarst die Tür, und irgendjemand hielt ihr ein helles Licht ins Gesicht. Da ihre Augen nicht an die Helligkeit gewöhnt waren, kniff sie sie schmerzhaft zusammen. Sie erwartete einen Schlag. Aber nichts dergleichen geschah. Immer mehr Licht drang in die Kajüte, und Stimmen wurden laut. Vermummte Gestalten kamen und zerschnitten ihre Fesseln. Das waren Polizisten, Kollegen vom SEK.

„Sind Sie in Ordnung?"

Die Stimme drang durch eine Wollmaske zu ihr. Sie nickte nur, antworten konnte sie nicht. Da sie so lange gefesselt gewesen war, waren ihre Beine taub, und sie konnte nicht richtig laufen. Ein paar kräftige Arme hoben sie aus der Kajüte, und sie atmete die herrliche Nachtluft ein.

„Da ist noch jemand in dem Boot. Bitte sehen Sie nach, ob sie noch am Leben ist."

„Wir kümmern uns um alles. Machen Sie sich keine Sorgen."

Der Mann hob sie über die Reling, und ein paar Sanitäter legten sie auf eine Trage. „Mir fehlt nichts. Sehen Sie bitte nach Helga Siebert. Sie braucht dringender Ihre Hilfe."

Einer der Sanitäter legte ihr eine Decke über und schenkte ihr ein breites Lächeln. „Lehnen Sie sich einfach zurück. Wir machen das schon."

Immer wieder schaute Hannah sich um. Doch sie konnte keinen von ihren Kollegen entdecken. Nur das SEK und Barne Hinrichs.

„Barne, was ist passiert? Bitte, mir geht es gut. Lass mich hier bleiben!"

Doch Barne stand nur da und schüttelte den Kopf. Sie wurde in den Rettungswagen geschoben, und die Türen schlossen sich. Langsam fiel die Anspannung von ihr ab, und sie wurde müde. Den Rest der Fahrt bekam sie nicht mehr mit.

Als Hannah ihre Augen öffnete, schien die Sonne hell in ihr Zimmer hinein. Sie hatte die ganze Nacht verschlafen.

Die psychische und physische Anspannung war wohl größer, als sie gedacht hatte.

„Guten Morgen, Frau Kollegin!"

Sie hatte nicht bemerkt, dass jemand im Zimmer war. Meinders stand in der Tür und schaute sie an.

„Sie haben lange geschlafen."

Bevor sie etwas sagen konnte, hob er seine Hand. Er griff nach dem Stuhl und setzte sich zu ihr ans Bett.

„Ist wirklich alles Ordnung? Wir haben uns große Sorgen um Sie gemacht."

Hannah schaute ihn an und wartete auf eine Erklärung.

„Zum Glück war Ihr Mobiltelefon noch an, sonst hätten wir Sie nicht orten können. Ich soll Ihnen liebe Grüße von Vesper überbringen. Er geht gerade seiner Lieblingsbeschäftigung nach." Als Hannah ihn fragend ansah, fuhr er fort: „Er nimmt Verhaftungen vor!"

Sie sah ihn an, und ein Lächeln legte sich auf ihr Gesicht. Sie konnte sich vorstellen, was das für eine Freude für ihn war. Dann kam die Erinnerung zurück. Erschrocken schaute sie Meinders an.

„Helga Siebert! Was ist mit ihr passiert? Lebt sie?"

Meinders hob seine Hände und winkte ab. „Machen Sie sich keine Sorgen. Sie ist außer Gefahr. Sie war nur betäubt." Nach einem langen Blick redete er weiter: „Wie wäre es mit einem leckeren Frühstück? Mir knurrt der Magen, und Sie wissen doch, dass ich dann nicht denken kann. Außerdem haben wir beide viel zu bereden."

20

Das Frühstück war ausgiebig und tat Hannah sehr gut. Sie fühlte sich wohl in Meinders' Gegenwart. Er hatte sich eine seiner geliebten Zigaretten angezündet und sah nachdenklich durch den gräulichen Rauch. Irgendetwas schien ihn zu bedrücken, das konnte sie spüren.

„Gibt es etwas, das Sie mir mitteilen wollen?"

Sie sah, wie er leicht zusammenfuhr. Er schaute sie eine Weile an und nickte.

„Ja, aber das klären wir nach den Verhören. Ich glaube, das ist besser."

Ohne ein weiteres Wort zu sagen, bezahlte er die Rechnung, und sie gingen schweigend in Richtung Polizeirevier. Hannah wollte so viel fragen, aber Meinders' Miene hielt sie davon ab. Auf dem Revier herrschte ein reges Treiben. Polizeibeamte wuselten umher, und Hannah fühlte sich gleich wieder heimisch. Meinders führte sie in sein Büro, wo Barne Hinrichs und Markus Vesper schon warteten. Die beiden freuten sich, sie zu sehen. Meinders ließ die Umarmungen unkommentiert. Auch er war froh, sie heil und gesund wiederzuhaben. Aber er würde den Teufel tun, das auch nur andeutungsweise über seine Lippen kommen zu lassen. Sollten die anderen doch denken, was sie wollten, dachte er, als das Telefon schrill läutete. Vesper nahm das Gespräch an und reichte den Hörer an Meinders weiter. Der hörte dem Teilnehmer am anderen Ende zu und antwortete dann: „Ja, Chef! Wir haben die ganze Bande hochgenommen. Ja, alle Beteiligten. Wir können ihnen lückenlos alles nachweisen."

Hannah sah, wie Meinders seinen Kopf leicht schüttelte.

„Nein, besser. Wir haben einen Zeugen ..."

Sie wartete, bis er das Gespräch beendet hatte, und setzte sich auf den Schreibtisch, was Meinders mit einem missbilligenden Blick quittierte. Sofort rutschte sie herunter und nahm auf einem Stuhl Platz. Sie war neugierig, und die Ungeduld machte sie verrückt. Weder Meinders noch Vesper oder Barne Hinrichs hatten ihr irgendetwas erzählt. Meinders schaute in die Runde und seufzte laut, während er einen großen braunen Briefumschlag hervorholte.

„Bevor wir Ihnen alle Zusammenhänge erklären, sollten Sie die Unterlagen, die sich in diesem Umschlag befinden, sichten. Einiges wird Ihnen dann schon klar sein. Wir gehen einen Moment hinaus und lassen Sie damit allein."

Er wollte sich zum Gehen wenden, als er weitersprach: „Wir entschuldigen uns noch einmal dafür, dass wir Ihre

Privatsphäre verletzt haben, aber die Situation ließ uns keine andere Wahl. Nun lesen Sie in Ruhe. Wir sind nebenan."

Die Tür fiel leise ins Schloss, und Hannah atmete schwer. Was sollte das alles nur? Warum war ihr Chef so komisch? Sie reckte sich nach dem Umschlag und öffnete ihn. Karten, Urkunden und andere Dinge fielen heraus und ein Brief. Sie erkannte sofort die Handschrift ihres Vaters. Mit zitternden Fingern nahm sie ihn an sich und begann zu lesen.

Einige Zeit später kam Meinders zurück in sein Büro und fand Hannah mit verquollenen Augen vor. Sie hat geweint, dachte er nur und legte ihr sanft seine Hand auf die Schulter. Er wollte sie beruhigen, zog die Hand aber schnell wieder zurück. Solche Gesten waren einfach nicht sein Ding. Währenddessen schaute Vesper neugierig zur Tür hinein.

„Alles klar? Wollen wir anfangen?"

Hannah schreckte aus ihren Gedanken und überlegte, womit sie anfangen wollten.

„Was habt ihr vor? Worum geht es?"

Sie war immer noch verwirrt. Auch der Brief ihres Vaters hatte ihr nicht wirklich weitergeholfen. Plötzlich öffnete sich die Tür, und Barne Hinrichs trat ein, hinter ihm eine Frau. Helga Siebert! Hannah war froh, dass es ihr gutging. Helga Siebert warf ihr allerdings einen eisigen Blick zu. Meinders stellte ihr einen Stuhl hin und begann mit dem Verhör.

„Also, Frau Siebert. Es ist wohl an der Zeit, dass Sie mit der Wahrheit herauskommen. Sie wissen, warum Ihr Mann ermordet wurde", er machte eine kurze Pause, „und Sie wissen, wer ihn ermordet hat. Vielleicht können Sie Ihre Position etwas verbessern. Außerdem sollten Sie darüber nachdenken, dass diese Typen sie ebenfalls in der Nordsee versenken wollten. Sie können Frau Claasen dankbar sein, dass sie das verhindert hat."

Meinders rückte sich ebenfalls einen Stuhl zurecht und wartete darauf, dass Helga Siebert endlich den Mund aufmachen würde. Bisher hatte sie geschwiegen. Aber Meinders hatte sie seinem Chef als Hauptbelastungszeugin präsentiert, also brauchte er Resultate.

„Verdammt, Sie schützen einen Mörder. Ist Ihnen das nicht klar?"

Helga Siebert zuckte erschrocken zusammen. Sie schaute in die Runde, und ihr Blick heftete sich auf Hannah.

„Warum sind Sie nur zurückgekommen? Alles war in Ordnung. Aber nein, Sie mussten ja wieder nach Büsum kommen und alles durcheinanderbringen."

Meinders spürte den Hass hinter diesen Worten. Sie gab tatsächlich seiner Kollegin die Schuld daran, dass ihr Mann ermordet wurde.

„Gehen wir zurück in die Nacht im Mai 1999. Was ist genau passiert?"

Hannahs Augen waren vor Erstaunen ganz groß geworden. Was hatte das alles mit ihrer Mutter zu tun? Gespannt wartete sie auf eine Antwort. Helga Siebert tat sich schwer. Als Vesper plötzlich hervorschoss und kurz vor ihrem Gesicht stoppte, zuckte sie erschrocken zurück.

„Wollen Sie die Mörder Ihres Mannes wirklich frei herumlaufen lassen? Machen Sie endlich den Mund auf!"

Meinders legte seinem Kollegen beruhigend die Hand auf den Arm. Unentschlossen schaute Helga Siebert von einem zum anderen.

„Jochen Söller hatte sich dieses neue Auto gekauft. Das war im März 1999. Die beiden wollten in dieser Nacht eine Spritztour machen. Sie hatten getrunken, und ich konnte es nicht verhindern. Gegen drei Uhr morgens bin ich aufgestanden und fand meinen Mann im Wohnzimmer. Er war völlig durcheinander und erzählte etwas von einem Unfall ... und dass er das nicht gewollt hatten, aber Söller sich nicht bremsen ließ ..."

Sie brach ab. Ihre Stimme gehorchte ihr nicht mehr. Tränen begannen in ihren Augen zu schimmern. Meinders wollte ihr helfen und redete weiter.

„Die beiden haben also getrunken und sind dann zu einer Spritztour aufgebrochen? Irgendwann begegnete ihnen auf der Landstraße Arndt Claasens Frau. Sie war auf dem Weg nach Hause. Was passierte dann?"

Helga Siebert schien gar nicht anwesend zu sein. Ihre Gedanken waren wieder in der folgenschweren Nacht.

„Söller hat versucht ... er wollte nur ... er wollte sie schon immer, aber sie hat Arndt genommen. Darüber ist er nie hinweggekommen. Auch in dieser Nacht hat sie ihn zurückgewiesen, und darüber war er sehr wütend. Mein Mann hat mir erzählt, dass sie ein ganzes Stück gefahren waren, als Söller plötzlich wendete und zurückfuhr. Mein Mann hat sich nichts dabei gedacht, aber Söller fuhr frontal auf sie zu, und bevor mein Mann etwas tun konnte, wurde sie vom Auto erfasst und durch die Luft geschleudert. Mein Mann wollte ihr ja helfen, aber Söller warf sie in den Straßengraben und zwang ihn, in den Wagen zu steigen."

Vesper warf einen kurzen Seitenblick auf seine Kollegin und sah die Tränen, die über ihre Wangen liefen. Meinders schluckte schwer.

„Was ist dann passiert?"

Helga Siebert schaute irritiert. Sie war noch immer in der schicksalhaften Nacht gefangen.

„Söller hat meinen Mann gezwungen, den Mund zu halten. Er hat die Ersatzteile für seinen Cadillac besorgt, und Rolf Berger hat sie ihm eingebaut. Berger war damals jung und chronisch pleite. Er hat ihm viel Geld für die Reparatur geboten."

Vesper reichte seiner Kollegin ein Taschentuch, damit sie ihre Tränen wegwischen konnte. Helga Siebert sah sie mit leeren Augen an. Dann besann sie sich und redete weiter: „Mein Mann war damals schon ein hohes Tier in der Bank, und Jochen Söller war hauptamtlicher Bürgermeister. Kurz nach dem Unfall", beim dem Wort schluckte sie heftig, „kam Söller zu uns nach Hause. Er hat meinem Mann gedroht, dass sie beide zur Verantwortung gezogen werden würden, wenn er zur Polizei gehen sollte."

Einige Momente herrschte Schweigen. Hannah versuchte das Gehörte irgendwie in ihrem Kopf unterzubringen. Sie hatte immer gewusst, dass ihr Vater nicht verrückt gewesen war, wie manche versucht hatten, es ihr einzureden. Aber damit hatte auch sie nicht gerechnet. Sie räusperte sich und blickte Helga Siebert direkt an.

„Wer hat die Unterlagen manipuliert?"

Helga Siebert reagierte nicht auf die Frage.

Hannah schoss nach vorn, stemmte ihre Hände auf den Tisch und forderte lauthals eine Antwort.

„Verdammt noch mal! Rücken Sie endlich mit der Wahrheit raus! Haben Sie nicht schon genug angerichtet?"

Meinders zog sie auf ihren Stuhl zurück und behielt seine Hände auf ihrer Schulter. Er verstand ihren Ausbruch, konnte ihn aber nicht dulden. Helga Siebert schaute sie voller Hass an. Meinders ahnte, dass sie Hannah für den Tod ihres Mannes verantwortlich machte.

„Sie wissen doch, wer Ihren Mann ermordet hat, und Sie wissen, dass Ihnen das Gleiche widerfahren sollte. Also, warum erleichtern Sie nicht Ihr Gewissen und erzählen uns auch den Rest?"

Helga Siebert wandte ihren Blick zu Meinders und dachte nach. Dann nickte sie.

„Sie haben recht! Die Schweine wollten mich auch umbringen. Dafür sollen sie büßen. Es war Jochen Söller. Er hat die Unterlagen manipuliert. Als Bürgermeister konnte er die Polizeiakten einsehen, ohne dass jemand Verdacht geschöpft hätte. Rolf Berger bekam sein Geld und verschwand nach Hamburg. Dann war endlich alles vorbei."

Sie seufzte schwer. In Hannahs Kopf dröhnte der letzte Satz wie ein Gongschlag. Dann war endlich alles vorbei ... dann war endlich ... dann endlich ...

Jetzt meldete sich Vesper zu Wort.

„Aber es war nicht vorbei. Arndt Claasen wollte sich mit dem offiziellen Bericht nicht zufriedengeben. Also begann er Nachforschungen anzustellen. Und er hatte Erfolg damit."

Die Kommissare sahen, wie Helga Siebert zusammenzuckte. Vesper hatte genau ins Schwarze getroffen.

„Er redete mit meinem Mann immer wieder über den Unfall. Irgendwann hat er den Kontakt zu Arndt abgebrochen, weil er es nicht ertragen konnte, seinen Freund anzulügen."

Hannah schnaubte verächtlich.

„Freund? Von wegen! Er hat geholfen, meinen Vater umzubringen, kaltblütig."

„Nein!" Helga Siebert schrie fast. „Das war auch Jochen Söller. Arndt hatte angeblich eine Tonbandaufnahme von meinem Mann, auf der er zugibt, an dem Unfall beteiligt gewesen zu sein."

„Nicht nur angeblich. Diese Aufnahme existiert und befindet sich in unseren Händen."

Vesper verlor langsam die Geduld. Er konnte nicht verstehen, dass sie die Mörder ihres Mannes schützen wollte. Meinders hatte eine ganze Zeit geschwiegen. Doch jetzt durchfuhr ihn ein Gedanke, den er auch sofort aussprach.

„Sie haben Jochen Söller von dem Tonband erzählt."

Helga Siebert wurde kreidebleich. Die Augen weit aufgerissen, atmete sie heftig ein.

„Ich ... was sagen Sie da?"

„Ich sage Ihnen auf den Kopf zu, dass Sie Jochen Söller die Information über das Tonband gegeben haben. Damit haben Sie Arndt Claasens Todesurteil unterschrieben. Ist Ihnen das eigentlich klar?"

Helga Siebert schlug ihre Hände vors Gesicht und begann zu schluchzen. Meinders nickte kurz und schaute Vesper an.

„Wer hat den Bootsunfall inszeniert?"

Helga Siebert benötigte einige Minuten, um ihre Fassung zurückzugewinnen. Sie wischte ihre Tränen weg und straffte ihren Körper.

„Jochen Söller hat meinem Mann die Pistole auf die Brust gesetzt. Als Jürgen sich weigerte, hat er Rolf Berger zu Hilfe geholt."

Hannah versuchte sich von Meinders Händen zu befreien, doch er hielt sie fest.

„Er wusste doch nicht, dass Sie Arndt töten wollten, aber Jochen Söller hätte seine Karriere zerstört, wenn er eingeschritten wäre."

Die letzten Worte waren nur ein Hauch. Barne Hinrichs hatte die ganze Zeit geschwiegen. Auch er hatte Tränen in den Augen, da die Erinnerungen schmerzhaft waren. Mit einem verächtlichen Blick auf Helga Siebert flüsterte er nur: „Wofür sind Hannahs Eltern gestorben? Ich will wissen, wofür. Wie habt ihr uns all die Jahre in die Augen sehen können?"

Meinders befürchtete, dass er sich nicht in der Gewalt hatte und nickte Vesper unauffällig zu. Dieser machte sich bereit, wenn nötig einzuschreiten. Helga Siebert jedoch war am Ende ihrer Kräfte angelangt und schluchzte vor sich hin.

Meinders ging langsam zu seinem Schreibtisch und hob den Telefonhörer an. Man konnte das leise Klicken der Tasten hören, als er eine Nummer wählte.

„Schicken Sie bitte jemanden ins Büro, der Frau Siebert abholt."

Einige Augenblicke später klopfte es, und Martin Engel trat ein. Er berührte Helga Siebert am Arm, und sie schaute ihn erschrocken an. Ihr Gesicht war grau und ihre Augen leer. Langsam bewegte sie sich in Richtung Tür. Dann drehte sie sich kurz um und sah zurück.

„Warum mussten Sie zurückkommen? Es war alles in Ordnung, bis Sie wieder in unser Leben getreten sind."

Nicht mal jetzt konnte sie die Schuld ihres Mannes annehmen. Die Tür fiel leise ins Schloss. Es brauchte eine Weile, bis die Kommissare wieder einen klaren Gedanken fassen konnten. Hannah hatte Schwierigkeiten zu atmen. Sie konnte es nicht fassen, dass nun endlich alles vorbei sein sollte. Barne Hinrichs näherte sich ihr und legte seine Hand auf ihre Schulter. Sie sah ihn an und schenkte ihm ein kleines Lächeln. Beide wussten, dass Worte nicht nötig waren. Meinders räusperte sich, um die Aufmerksamkeit auf sich zu lenken.

„Wir haben noch eine Verhaftung vorzunehmen. Wollen wir gehen?"

Hannah schaute überrascht von einem zum anderen.

„Ich verstehe nicht ganz. Wen wollen Sie verhaften, und vor allem warum?"

Meinders hob seine linke Augenbraue und hüstelte kurz. „Haben Sie vergessen, dass wir noch vier Morde aufzuklären haben?"

Hannah starrte die drei Männer überrascht an.

„Sie haben uns doch auf die Idee gebracht!"

Als sie ihn fragend ansah, begann Vesper zu lächeln. „Dein Instinkt ist hervorragend, und nun haben wir auch die Beweise."

Sie verstand immer noch nicht, worauf die beiden hinauswollten. Barne stand nur da und zuckte mit den Schultern. Wieder und wieder durchforstete sie ihre Gedanken. Dann plötzlich erhellte sich ihr Gesicht. Meinders und Vesper wussten, dass die Erkenntnis zur Stelle war. Leise kam der Name über ihre Lippen.

„Jutta Hermanns?"

Als Meinders nickte, hielt sie für einen Augenblick den Atem an. Ihr Gefühl hatte sie nicht getäuscht.

Auf dem Weg zur Kurverwaltung herrschte ein gemeinsames Schweigen. Zusammen betraten sie die dunkle Halle und stiegen langsam die Treppe in die Chefetage hoch. Frau Feld hob den Kopf, und als sie die drei erblickte, sagte sie: „Hallo, kann ich Ihnen helfen?"

Meinders nickte und schaute auf die Tür zum Büro des Kurdirektors.

„Wir müssen den Herrn Bothmann sprechen."

„Oh, das tut mir leid, aber der Kurdirektor ist in einer Besprechung, und ich habe die Anweisung, niemanden ins Büro zu lassen."

Vesper ging an ihrem Schreibtisch vorbei und öffnete die Tür. Trotz ihres heftigen Protestes traten Meinders und Hannah ebenfalls ein.

Dieter Bothmann war verärgert über die Störung.

„Verdammt, Feldchen. Ich habe doch ..."

Als er die „Eindringlinge" erkannte, verstummte er, und als er Hannah erblickte, lächelte er sogar ein wenig.

Meinders baute sich vor dem Schreibtisch auf und verschränkte die Arme. Seinen strengen Blick auf Dieter Bothmann gerichtet, räusperte er sich laut.

„Wir haben mit Ihnen zu reden."

Dieter Bothmann schaute erschrocken auf seinen Gast.

„Äh, Herr Feldhusen, wenn Sie mich für einen Augenblick entschuldigen würden. Anscheinend haben diese Herrschaften etwas Unaufschiebbares mit mir zu klären. Frau Feld wird Ihnen einen Kaffee bringen und sich so gut es geht um Sie kümmern. Ich bin sofort zurück."

Mit einem bleichen Gesichtsausdruck verließ er das Büro und führte die Kommissare in ein kleines Konferenzzimmer. Wütend über die anmaßende Art, fauchte er Meinders an.

„Was fällt Ihnen ein, so in mein Büro zu stürmen? Dieser Mann ist wichtig für uns, und Sie verschrecken ihn mit Ihrer Wildwestmanier. Was ist also so dringend, dass Sie nicht vorher anrufen konnten?"

Meinders stemmte seine Hände in die Hüften, während sein Oberkörper leicht nach vorn geneigt war.

„Wir machen unsere Arbeit. Haben Sie damit ein Problem?"

Dieter Bothmann wäre nicht Kurdirektor geworden, wenn er Schwierigkeiten mit Gegenwind gehabt hätte.

„Ihre Arbeit können Sie auch etwas diskreter durchführen, oder? Was zum Teufel machen Sie eigentlich bei uns in der Verwaltung? Sie sollten den Serienmörder draußen suchen."

Er schaute fragend von einem zum anderen. Sein Blick heftete sich auf Hannahs Gesicht.

„Also gut. Was kann ich für Sie tun? Ich habe Ihnen schon alles gesagt, was ich weiß, mehr kann ich nicht tun."

Er wartete auf eine Reaktion, aber die blieb aus. Langsam wurde er unruhig. Was hatte das alles zu bedeuten?

„Wir möchten von Ihnen wissen, wo sich Jutta Hermanns aufhält."

Meinders' Stimme war ganz ruhig. Sie hatte die richtige Nuance. Dieter Bothmann erschrak.

„Jutta Hermanns? Sie hat ihr Büro am Ende des Ganges, auf der linken Seite. Was wollen Sie von ihr?"

Wieder ließ er seinen Blick schweifen. Er suchte den Augenkontakt zu Hannah. Was ging hier vor? Gerade wollte er etwas sagen, als ein Verdacht in ihm aufstieg. Das Telefonat. Er hatte Hannah von dem Telefonat erzählt, welches Jutta geführt hatte, als er vor ihrer Tür gestanden hatte. Langsam begann er seinen Kopf zu schütteln. Das konnte nicht wahr sein.

In der Zwischenzeit hatte Vesper sich auf den Flur begeben und nach dem Büro von Jutta Hermanns Ausschau gehalten. Hannah wusste, was er dachte, und nickte nur bestätigend. Einige Augenblicke hörte man nur leise Atemzüge.

„Können Sie irgendwie feststellen, ob sie in ihrem Büro ist?"

Vesper flüsterte nur. Dieter Bothmann nickte und ging in das Zimmer von Frau Feld. „Feldchen, können Sie sehen, ob Frau Hermanns telefoniert?"

Feldchen machte große Augen. Sie schaute auf ihre Telefonanlage und nickte.

„Ihre Leitung leuchtet. Sie telefoniert gerade."

Meinders gab Vesper ein Zeichen. Dieser schlich sich bis zur Bürotür heran und lauschte. Meinders und Hannah kamen leise näher. Vesper hob die Hand, und die beiden blieben stehen. Aus dem Büro von Feldchen hörte man eine leise Stimme.

„Sie hat aufgelegt!"

Meinders und Hannah erreichten Vesper, als plötzlich die Tür von Jutta Hermanns Büro aufging. Sie war für einen kurzen Moment ziemlich erschrocken, doch dann erkannte sie die Kommissare und versuchte Vesper die Tür vor der Nase zuzuschlagen. Doch der war schneller. Er schob seinen Schuh dazwischen, und mit einem kräftigen

Stoß schleuderte er Jutta Hermanns quer durch ihr Büro. Sie musste sich am Schreibtisch abstützen, um nicht zu fallen. Schnell richtete sie sich wieder auf und starrte die Kommissare an. Langsam bekam sie sich wieder in die Gewalt.

„Was soll denn das? Sie haben mich erschreckt. Ich dachte schon an einen Überfall."

Meinders war überrascht, wie schnell sie ihre Fassung wiedererlangt hatte.

„So, Sie glaubten an einen Überfall. Schon komisch, oder? Ich bin der Meinung, Sie wissen genau, warum wir hier sind."

Hannah erschrak vor der Kälte in seiner Stimme, und seine sonst so weichen Züge waren gänzlich aus seinem Gesicht verschwunden. Hannah konnte deutlich spüren, wie sich Jutta Hermanns Körperhaltung veränderte. Sie konnte sehen, wie sie jeden Muskel in ihrem Körper anspannte. Was hat sie vor, dachte Hannah bei sich und bewegte sich ganz langsam in Richtung Tür. Vesper stand an der Ecke des Schreibtisches und hatte seinen Blick auf Meinders gerichtet. Diesen Moment nutzte Jutta Hermanns. Sie stieß Meinders beiseite und rammte Vesper ihren Fuß in den Magen. Da Meinders keinen festen Stand hatte, fiel er hinten über und landete in einem tiefen Sessel, während Vesper sich die Hände vor den schmerzenden Bauch presste. Dieter Bothmann war wie gelähmt. In diesem Moment erkannte er ihr wahres Gesicht. Fast wäre sie an ihm vorbei in den Flur gelaufen, doch ein ausgestreckter Arm beendete ihre Flucht ziemlich schnell. Mit einem dumpfen Geräusch ging sie zu Boden. Hannah hatte mit ihrem Arm ausgeholt und ihn ihr mit voller Wucht vor den Körper geschlagen. Meinders schälte sich hastig aus dem Sessel, dabei warf er einen besorgten Blick auf Vesper. Doch auch der hatte sich wieder aufgerappelt und sprang eiligst auf Jutta Hermanns zu. Aber die Gefahr war gebannt. Jutta Hermanns lag benommen auf dem Boden, und Meinders schaute triumphierend auf Hannah.

„Gut gemacht, Kollegin! Für eine Frau war der Schlag ganz ordentlich."

Hannah schaute ihn an und nickte nur. Vesper hatte seine Handschellen herausgeholt, und man hörte ein leises Klicken.

„Schaffen Sie die Frau aufs Polizeirevier. Wir werden uns später mit ihr beschäftigen."

Meinders wandte sich an Dieter Bothmann. Der stand da wie versteinert. Die Farbe war aus seinem Gesicht verschwunden. Hannah wusste, was er dachte. Er war durch und durch Kaufmann. Diese Verhaftung konnte fatale Folgen haben für Büsum, und vor allem auch für ihn. Vorsichtig berührte sie seine Schulter.

„Dieter, ist alles in Ordnung?" Als er nicht antwortete, versuchte sie es noch einmal. „Dieter, ist alles in Ordnung?"

Meinders mischte sich nur ungern ein, aber sie mussten aufs Revier. Das Verhör stand noch an.

„Hannah, wir müssen los. Sie können hinterher noch miteinander reden."

Er räusperte sich kurz und ging auf den langen Flur hinaus. Sie folgte ihm sofort. Beide gingen langsam, ohne zu reden, in Richtung Treppe. Frau Feld stand an den Türrahmen gelehnt und presste ihre Hände vors Gesicht. Als Hannah an der Treppe angelangt war, hielt sie an und sprach noch einmal mit Frau Feld.

„Gehen Sie zu ihm. Er kann jetzt Unterstützung gebrauchen."

Dann lief sie Meinders hinterher. Dieser stand unten in der Eingangshalle und schaute in viele fragende Gesichter. Jeder hier unten hatte die Verhaftung miterlebt. Es wurde getuschelt und gerätselt, was gerade vorgefallen war. Ohne ein weiteres Wort gingen die beiden durch die Tür ins Freie. Hannah schaute aufatmend zum Himmel, genoss den Geruch des Wassers und die schreienden Möwen. Sie schaute Meinders von der Seite an und dachte über ihn nach. Als er es bemerkte, lächelte er und sagte: „Wir haben alles Ihrem Vater zu verdanken und natürlich Hetty Lohmann." Als sie ihn fragend ansah, lächelte er und erzählte ihr den Rest von der mysteriösen Rettungsaktion. „Ohne die Hilfe von Hetty Lohmann hätten wir nicht gewusst, was vorging. Erst die Unterlagen Ihres Vaters haben uns auf die richtige Spur gebracht."

Sie lächelte, als Meinders Tantchen Lohmann erwähnte. Doch woher wusste er von der Mittäterschaft von Jutta Hermanns, und wie passte das alles zusammen? Noch bevor sie ihre Fragen stellen konnte, bat Meinders sie um Geduld. Also ging sie wieder einmal schweigend neben ihm her.

Auf dem Revier war die Hölle los. Die Verhaftung von Jutta Hermanns hatte sich wie ein Lauffeuer verbreitet und natürlich einigen Staub aufgewirbelt. Die Leute waren verärgert darüber, dass keine Informationen nach draußen gegeben wurden. Plötzlich dröhnte die Stimme von Barne Hinrichs durch den Raum.

„So, Leute! Ihr geht am besten mal nach draußen und kühlt eure Köpfe. Wenn es so weit ist, bekommt ihr genug Informationen von uns."

Wütendes Gemurmel war die Folge. Auch einige Beschimpfungen waren zu hören. Doch Barne Hinrichs war zu lange Polizist, als dass ihn das aus der Bahn warf.

Hannah betrat das Verhörzimmer. Jutta Hermanns saß aufrecht auf dem Stuhl und starrte vor sich hin. Vesper hatte ihre Handfesseln noch nicht geöffnet. Wahrscheinlich hat sie versucht, ihn zu kratzen oder zu schlagen, dachte Hannah. Meinders kam in den Raum mit einem großen blauen Ordner. Er warf ihn mit Schmackes auf den Tisch, und Jutta Hermanns schreckte auf.

Ihre Augen funkelten ihn böse an.

„Warum bin ich hier? Was soll das Ganze? Sie haben nichts gegen mich in der Hand!"

Bei dem letzten Satz horchten die drei Kommissare auf.

Meinders lächelte und stemmte seine Hände in die Hüften.

„Wissen Sie, Fingerabdrücke sprechen eine deutliche Sprache. Wir haben Ihre eben genommen und vergleichen sie gerade mit denen, die wir in der Strandkorbhalle und auf dem Boot gefunden haben. Dann sehen wir, ob wir etwas gegen Sie in der Hand haben."

Jutta Hermanns begann heftig zu schlucken. Hastig schaute sie von einem zum anderen. Doch sie hatte sich schnell wieder im Griff. Sie schien zu glauben, dass man ihr nicht wirklich etwas nachweisen konnte. Hannah versuchte unterdessen das Puzzle zusammenzusetzen. Sie wusste, dass Jochen Söller und Jürgen Siebert ihre Eltern getötet hatten. Doch wie hing das alles mit den Morden an den Touristen zusammen? Sie grübelte noch, als Martin Engel das Verhörzimmer betrat. Er überreichte Meinders einige Zettel und verschwand, ohne ein Wort zu sagen. Vesper schaute seinem Chef über die Schulter, und ein Grinsen legte sich auf sein Gesicht. Hannah wusste, dass sie einen Treffer erzielt hatten. Meinders legte eines der Blätter direkt vor Jutta Hermanns auf den Tisch und tippte mit dem Zeigefinger immer wieder auf eine bestimmte Stelle.

„Wir können Ihnen sogar mehrere Morde nachweisen. Ist das nicht schön?"

Als sie nicht antwortete, ging Meinders noch einen Schritt weiter und legte ihr das zweite Blatt auf den Tisch.

„Wir haben auch die Fingerabdrücke Ihres Komplizen. Dumm nur, dass er so unvorsichtig war und keine Handschuhe getragen hat, obwohl er bei uns registriert ist."

Wieder zuckte Jutta Hermanns zusammen. Ein Name entfuhr lautlos ihrem Mund, und sie presste die Lippen zusammen.

„Rolf Berger, ganz genau. Wir wissen, dass Sie eine intime Beziehung mit ihm haben, und dass er Ihnen geholfen hat."

„Ihr Scheißbullen. Ihr wisst gar nichts. Hört Ihr? Ihr wisst gar nichts."

Meinders ließ nicht locker. „Das wird ihm lebenslänglich einbringen, und Sie sind schuld daran. Sie ganz allein." Wieder wartete er einen Moment, bevor er die Daumenschrauben fester anzog. „Und Sie werden auch für sehr lange Zeit einsitzen. Ohne Kontakt zu Ihrem Geliebten. Das sind doch prickelnde Aussichten. Oder, was meint ihr dazu?"

Er schaute von Vesper zu Hannah und zurück.

„Sie beide werden für, na sagen wir, mindestens fünfzehn Jahre einsitzen. Wenn Sie dann rauskommen, ist Ihr gutes Aussehen verblasst, und Ihr Freund sucht sich eine Jüngere. Wenn Sie kooperieren, könnte das strafmildernd ausgelegt werden. Das bleibt Ihnen überlassen. Wir haben die Beweise, die wir benötigen, um Sie für Jahre hinter Gitter zu bringen."

Hannah konnte erkennen, wie es hinter Jutta Hermanns Stirn arbeitete. Sie wägt alle Möglichkeiten ab, dachte sie gerade, als Martin Engel leise das Verhörzimmer betrat. Er flüsterte Vesper etwas ins Ohr, und er verschwand so schnell, wie er gekommen war. Meinders' Augen ruhten auf Jutta Hermanns.

„Wir haben gerade Rolf Berger eingesammelt. Er hat versucht zu fliehen."

Ihre Augen waren weit aufgerissen, und Tränen schimmerten leicht darin.

„Und wir haben die Söllers ebenfalls einkassiert."

Plötzlich sackte sie in sich zusammen. Sie hatte aufgegeben. So stark war sie wohl doch nicht.

„Es ist doch nur aus einer Bierlaune heraus entstanden", flüsterte sie.

Vesper sog die Luft heftig ein und ernte von Meinders einen missbilligenden Blick.

„Warum erzählen Sie uns nicht die ganze Geschichte? Erleichtern Sie Ihr Gewissen."

Sie schaute ihn an, und ihre ausdruckslosen Augen sprachen für sich. Vesper löste ihre Handfesseln, und Meinders stellte ihr einen Becher Kaffee auf den Tisch. Nachdenklich rieb sie ihre Handgelenke.

„Es fing alles damit an, dass wir eines Abends zusammen bei einem Bier saßen. Jürgen Siebert, Rolf Berger und ich. Wir unterhielten uns über die schlechten Übernachtungszahlen und was man dagegen tun konnte. Rolf war der Meinung, dass ein Knüller passieren müsste, um Gäste hierher zu bekommen. Wir haben dann einfach unseren Gedanken mal freien Lauf gelassen, und am Ende des Abends waren wir uns einig, dass ein spektakulärer Mord unseren Ort aufrütteln sollte und wir wieder Geld in die leeren Kassen bekommen würden. Jürgen hatte irgendwo gelesen, dass es eine neue Art des Tourismus gebe, den sogenannten Katastrophentourismus."

Mit zitternden Fingern hob sie ihren Becher Kaffee an die Lippen und trank einen Schluck.

„Jürgen hielt es für eine Schnapsidee und glaubte nicht ernsthaft daran, es auch durchzuziehen. Doch wir haben ihn und Jochen Söller erpresst. Rolf kannte das Geheimnis der beiden, und es war ein Leichtes, sie zu überzeugen. Nur Jürgen bekam Muffensausen. Als diese Madame hier wieder in Büsum aufgetaucht ist, hat er gemeint, wir müssten aufhören." Sie schaute Hannah mit einem abschätzenden Blick an und schnalzte mit der Zunge. „Das hat Jochen Söller dann schnell erledigt."

Hannah räusperte sich. „Darum wurden die Opfer auch auf vierfache Weise getötet. Für jeden Beteiligten eine Tötungsart. So tragen alle vier die gleiche Verantwortung. Jürgen Siebert schied aus, und dann gab es nur noch die dreifache Weise."

Jutta Hermanns schaute Hannah lange an. „Respekt, Mädchen. Du bist schnell im Denken."

Hannah wusste, dass das kein Komplement war. Dann fiel ihr etwas ein.

„Warum wolltet ihr Helga Siebert aus dem Weg schaffen? Was wusste sie?"

Jutta Hermanns seufzte leicht und schüttelte ihren Kopf.

„Nein, gewusst hat sie nichts, aber geahnt. Sie hat Jochen Söller ganz schön unter Druck gesetzt. Als dann auch noch du", sie zeigte mit dem Finger auf Hannah, „immer wieder auf der Bildfläche erschienen bist und unser kleines Geschäft immer mehr ins Wanken gebracht hast, haben Rolf und ich beschlossen, euch beide aus dem Verkehr zu ziehen." Mit einem verächtlichen Blick fuhr sie fort: „Leider hat das ja nicht geklappt. Für Büsum tut es mir leid."

Meinders kräuselte seine Stirn und zog hastig seine Zigaretten aus der Jackentasche.

„Wieso tut es Ihnen für Büsum leid?"

„Weil es marketingtechnisch ein Knüller war und die Übernachtungszahlen steil nach oben zeigten. Schade, dass Sie uns so schnell überführen konnten. Sonst wäre es unser Jahrhundertsommer geworden."

Vesper schluckte heftig, und Meinders steckte sich seine Zigarette an. Hannah atmete schwer. So viel Kaltblütigkeit hatte sie noch nie erlebt.

21

Einige Tage nach der sensationellen Aufklärung der Touristenmorde saß Hannah am Strand und genoss die Sonnenstrahlen. Ein leichter Seewind ließ ihre Haare fliegen, und ein Geruch von Muscheln und Salz kam ihr in die Nase. Sie hatte zwei Tage durchgeschlafen und war ausgeruht und entspannt. Vor ihr stand ein kleines Kästchen, das mit allerlei Muscheln besetzt war. Zärtlich strich sie darüber hinweg. Sie nahm es hoch und zog vorsichtig den Deckel herunter. Es klickte leise, und sie holte ein kleines Bild heraus und ein paar seltene Muschelschalen. Ihr Vater hatte sie ihr von einer seiner Reisen mitgebracht. Sachte befreite sie das Bild vom Staub. Lange, sehr lange hatte es in der kleinen Schachtel gelegen. Auf dem Bild war ein lächelndes Paar zu sehen. Sanft glitten ihre Finger darüber. Tränen suchten ihren Weg. Langsam faltete sie ein Blatt Papier auseinander und las den Text, und immer mehr Tränen verschleierten ihr die Sicht. Auch wenn es schon über zehn Jahre her ist, dachte Hannah, tut es immer noch weh. Als sie Schritte hinter sich vernahm, wischte sie die restlichen Tränen schnell weg und schaute sich um.

Kommissar Meinders kam auf sie zu, blieb stehen und sah auf sie runter. Er wusste, worüber sie nachdachte und wollte sie eigentlich nicht stören. Aber er musste zurück nach Itzehoe und wollte nicht ohne Abschied gehen. Er setzte sich neben sie und schaute eine Weile auf das Wasser. Er sah, wie sie den Brief mit einer Hand an ihre Brust presste und mit der anderen das Bild festhielt.

„Abschied nehmen ist schwer, was?"

Hannah nickte nur und schaute ihn durch einen Tränenschleier an.

„Auch wenn es nicht wirklich ein Trost ist, aber Sie wissen, dass Ihre Eltern Sie geliebt haben und nicht freiwillig aus dem Leben geschieden sind. Sie kennen die Wahrheit, und die anderen auch. Das ist mehr, als Sie sich je erhofft haben. Habe ich nicht recht?"

Hannah konnte immer noch nicht sprechen und presste so stark ihre Finger um den Brief zusammen, dass es wehtat. Meinders nahm ihr das Bild aus der Hand und schaute es lange an. Ein Lächeln umspielte seinen Mund.

„Ein schönes Paar."

Hannah wusste, dass er sie eigentlich trösten wollte, auch wenn es nicht so rüberkam. Dankbar schenkte sie ihm ein kleines Lächeln. Meinders rutschte plötzlich unruhig hin und her.

„Ich bin auch noch aus einem anderen Grund hier. Vesper und ich sind der Meinung, dass Sie gut in unser Team passen, und ich wollte Sie fragen, ob Sie sich vorstellen können, weiter mit uns zu arbeiten. Hier ist natürlich nicht so viel los wie in München oder Dortmund, aber dafür sind unsere Fälle immer ein wenig verzwickt."

Er wartete und nestelte an seiner Jacke herum.

Hannah sah ihn eine Weile an und sog dann tief die Nordseeluft in ihre Lungen. Sie packte den Brief und das Bild in die kleine Schachtel zurück und ging hinunter zum Wasser. Vorsichtig setzte sie sie hinein und gab ihr einen Schubs. Dann drehte sie sich um, wischte ihre restlichen Tränen weg und ging mit Meinders zurück über den Deich.

Vesper wartete am Auto und sah die beiden fragend an.

„Und, was hat sie gesagt?"

Hannahs Gesicht begann zu leuchten, und das Einzige, was sie sagen konnte, war: „Sie sagt natürlich Ja!"